あなたも インフルエンサー？

それでは稼げないよ

ミハエル・ナスト
小山千早＝訳

新評論

訳者まえがき

本書の正編となる『大事なことがはっきりするささやかな瞬間―― 関係づくりが苦手な世代』（二〇一九年）を出版してから、一年以上が過ぎてしまった。何とか一年以内に続編の出版をしたいと思っていたが、やはり、なかなか思うように事は運ばないものだ。それでも、やっと翻訳を終えて「訳者まえがき」の原稿を書いていることを素直に喜んでいる。

正編は、ドイツ人作家であるミハエル・ナストのコラムをまとめた一冊の本から二つの章を抜粋したものだ。本書『あなたもインフルエンサー？』には、その残りである二つの章が掲載されている。

恋愛関係について多く綴られていた正編は、翻訳をしながら「露骨だなぁー」と少し戸惑うような表現も少なくなかった。何ものも恐れないという若さを徐々に失っていく世代に突入した著者が、ドイツの首都ベルリンのナイトライフや男女の気ままな関係を明かしながら現代社会のひずみについて考え、「これでいいのか？」と問いかけていた。

周りの人々を観察し、自分自身を観察し、それをユーモラスに描写しながらもいろいろな危機感を抱き、著者独自の言葉で発信していた。軽いタッチの、さっと読み流すことができる読み物なのだが、誰もが心のどこかに仕舞い込んでいる「思い」が引き出されたのだろう、ドイツだけでなく世界中で読者の共感を呼んだ。一方、続編となる本書は、正編に比べると少し「まじめ」かもしれない。著者の視点が、「男女関係」から「職場や社会」に移動しているからだ。それゆえ、日本の読者にはピッタリの内容となるかもしれない。

今の社会は、周知のとおりデジタル化を突き進んでおり、「ユーチューバー」や「インフルエンサー」なる人々も現れた。とくに若い世代が多いこの新しい「職種」では、たくさんのお金を稼いでいる人も多いらしい。それを目指す青少年も少なくないだろう。

こんなふうに自分というブランドをつくることに一生懸命になっている現在の社会だが、実は、誰もがほかの大勢の人と同じことをやりたがっている。こうしてさまざまな流行が生まれ、そして廃れていくことになる。そのなかには、ほかの国や人々を搾取して成り立っているものもある。日本で流行が生まれたり消えたりするスピードは、比較的保守的なスイスに住んでいる私から見ると何ともすごい。その流行は、いったい誰がつくるのだろうか。本書の著者は次のように言っている。

僕たちはあるシステムのなかで生きており、好むと好まざるとにかかわらず、僕たちはその産物なのだ。そこから逃れることはできない。それは消費者を必要とするシステムであり、幸せの理解の仕方もまたそれに基づいている。

現在、世界中で新型コロナウイルスが猛威を振るっている。スイスでは二〇二〇年三月初旬にイタリアから感染が広がり、同月半ばに非常事態宣言が発令された。この原稿を書いている四月末、感染率が下がってきたことからスイス政府は徐々に元の生活を取り戻すべく対策を練っている。

スイスでは、古くから個人の自由や責任が尊重されており、いくつかの国に見られるような外出禁止措置は取られていない。「公共の場で六人以上が集まってはならない」という禁止令は出されたが、散歩やジョギングなどは自由であり、健康のためにも身体は動かしたほうがよいという考え方である。

買い物は、日常に欠かせない食品などにかぎられている。各国で見られた現象と同じく、初めのころはトイレットペーパーや手洗い用の液体石鹸が店頭から消えている。こんなふうに生活は一変して不自由になったわけだが、周りからは次のようなポジティブな声が聞こえてくるのがスイスらしい。

「無駄遣いをしなくなった」

「車の交通量が減って、家の周りの空気がきれいになった」

「家族団らんの時間が増えた」

事実、スイスの道路では交通事故が減っているし、ベビーカーを押す若い男性や、サイクリングを楽しむという家族の姿もよく見かけるようになった。また、頭上を細かく分けていた飛行機雲がほとんど見られなくなった青空がこのうえなく美しい。

もちろん、スイス経済の九九パーセントを占める中小企業は労働時間の短縮を余儀なくされ、個人経営の美容院やレストラン、タクシー運転手、セラピスト、花屋など、倒産の危機を目の前にして心労を抱えるという人々もたくさんいる。大きな高級ホテルが閉鎖に追い込まれたり、病院ですら、コロナ患者が急増したときのために危急ではない手術を後に延ばしたりしてベッドや人員を確保したのだが、思ったよりもキャパシティーに余裕があったことから、逆に経営が苦しくなっている。経済的な打撃はどの分野でも甚大である。言うまでもなく、失業率も増加している。

痛ましい状況であるが、著者ミハエル・ナストと同じく、私も現在の経済システムに疑問を抱く一人である。コロナ危機を乗り越えた暁には、物質主義の世の中が少しでも変わればいいと密かに願っている。

人間として、人が集まる社会で生きていくうえで大事なものは何なのか。鬱に陥ったり、自殺をしたりするティーンエイジャーが増えている現代社会に欠けているものは何なのか。また、こういう社会をいったい誰がつくっているのか。二〇二〇年は、そんなことを考えるよい機会なのかもしれない。目指すべき社会は「のどかな空間」である。

日本には、昔から「和」という言葉がある。二〇一一年三月一一日に発生した東日本大震災後は、この言葉が再び頻繁に聞かれるようになった。あれから一〇年近くが経つ。今はどうなのだろうか。「和」は、人間同士の関係を構築するうえにおいて欠かせない要素の一つである。「和」を育む土壌は、今の日本にもまだあるのだろうか。

ミハエル・ナストは次のように書いている。

何年も前に気がついたことがある。奇妙なことに女性に多いのだが、自然でなくなってしまった人がたくさんいる。若い人ほど気取った振る舞いをする。本人がそれと気づかないままに、自分で自分を演じているような感じだ。自分自身をうまく演じられない

役者のように。

ファサードをきれいに繕って、自分の役割を洗練させる。ソーシャルネットワークのなかで、職場で、社会生活のなかで。悲劇的なのは、僕たちが評価されるのは自分の役割のなかにおいてであり、それはつまり、本当の自分自身とは何の関係もないファサードを通じて評価されているということだ。そう考えてみると、僕たちは自己から遠ざかっていくプロセスをずっと続けていることになる。いつか、自分の役割と本来の自分との見分けがつかなくなるまで。

いかなる危機も、できれば経験したくはないものだ。しかし、非日常的な空間が訪れたとき、私たちは初めて目を開くのかもしれない。二〇二〇年の新型コロナ危機に関しても、「僕たちが、また自分自身に戻るための大きなチャンスなのかもしれない」と、ミハエル・ナストは思っているのかもしれない。

二〇二〇年五月、チューリヒにて

小山千早

もくじ

訳者まえがき　i

パート1

天命たる仕事　3

1 関係づくりが苦手な世代　4

2 みんなの期待にこたえられなかったらゴメン
――でも、自分の期待のほうが僕には大事　12

3 坊や、それでは稼げないよ
――さあ、ベルリンへ！　21

4 自分の変化を味わおう　31

5 こんなプロジェクトをやっているんだ　41

6 外界では戦争が支配している　52

パート2 自己最善化という名前の信仰　63

1 避妊の傾向　64
2 世界をよくしていくことを忘れるな　76
3 僕と僕のお面　84
4 友人のなかで独り　95
5 たぶん、明日にしたほうがいいのかも　109
6 見ているほうが気恥ずかしくなるテレビ番組は中毒になる　119
7 幸せ？　129
8 ヴィーガニズムはもうクールじゃない　141

9 識字障がい国民 147
10 赤いピルか青いピルか？ 157
11 インターネットに費やす労力 169
12 「最後のログイン日時」の意味するところ 181
13 インスタグラム・フィルターのかかっていない生活 193
14 セラピストなしではやっていけない 204
15 診断「関係構築不能症」 214
謝辞 228

あなたもインフルエンサー?——それでは稼げないよ

パート 1 天命たる仕事

ベルリンの中心となるアレクサンダー広場駅。後ろに建つのはテレビ塔

1 関係づくりが苦手な世代

あのとき別の判断を下していたら、僕の人生はどうなっていただろうか。こんなふうに自問する瞬間に繰り返し出合う。「あのとき、こうしていたら……」と考える瞬間では、今とは違う別バージョンの人生を生きている自分を想像してしまう。ベルリンの街外れ、一軒家が立ち並ぶ一角に住む両親を訪ねた週末、そんな瞬間がまた訪れた。

昼食をすませたあと、みんなで散歩に出掛けたときだった。その界隈を歩くとき、僕はいつもかなり複雑な心境になる。ここで、僕は幼少時代の一時を過ごした。当時は、自分の理想とかなりかけ離れた生活をしていると思っていた。

この日曜日、みんなで人影のない通りを歩いていた僕は、いつしか自分の人生と両親の人生を比べはじめていた。二人が僕の年齢だったとき、二人の立ち位置はどんなふうだったのだろうか、と考えはじめたのだ。

二人は結婚していて、マイホームをもち、子どもがいて、車が二台もあり、何もかもが秩序立っていた。僕のずっと先を行っていた。そう思うと、二人の人生に比べて僕のそれは無残にも失敗していると言える。どうやら、それは僕だけのことではなさそうだ。

周囲を眺めわたすと、子どもも、マイホームも、車も例外的な存在なのだ。僕の周りに車をもっている三〇代はいないし、子どもにしても、欲しいと思っていても親になるにはまだ早すぎると考えている人が多い。そして、もちろん、マイホームに住む人などは皆無で、みんなシェアハウス住まいとなっている。

ポーランド生まれのドイツの文学評論家であるマルツェル・ライヒ＝ラニツキ（Marcel Reich-Ranicki, 1920〜2013）は、もう何年も前に、ドイツの多くの作家は三〇代半ばにならないとデビュー作を書くことができなくなったと嘆いていた。現在は、三〇代の終わりに近づいてもまだ「若手作家」と見なされている。このような状況は、文学の世界だけではなくあらゆる分野に広がっている。

物事がスライドしてきた。職業でも私生活でも。

「それって、やっぱりお金の問題でもあるんだよね」

「どうして、いまだにシェアハウスに住んでいるの？」と尋ねた僕にこう答えたのは、三二歳の知人、クリストフだ。

「それに、勉強する期間も長くなってる。大学入学資格を取ったあと、まず初めての外国旅行をして、それから大学へ通った。『本格的に』働き出したのは二〇代の終わりになってからだった。それも、実習生としてだ」

今では、「サーティサムシング」[1]という言葉もできているくらいだ。いまだにシェアハウスに住み、子どもをもつには早すぎると思っている人が、まさにこのサーティサムシングだ。この呼び名は、まだまだ時間があるような、余裕があるような感じを与えてくれる。

クリストフはジャーナリストで、二年前からシングルだ。自分を安売りし、無残なほど安い報酬しかもらっていないにもかかわらず、確信に満ちた生活を送っている。自分は着々と前進しているのだ、と。

前の彼女が去っていった理由を聞いたことがある。

「俺には関係づくりの能力がないんだってさ。いつもシングルと一緒にいる気がしてたって。自分のことより仕事のほうが俺には大事なんだろうって」

「で、そのとおりなの?」と、僕は少し間を置いてから尋ねた。

「そりゃそうだろ。すごく大事な仕事なんだ。ほどほどですませるなんて考えられない。自己実現をしようと思ったら一生懸命仕事をしなくちゃ。俺たち、ケンカもしょっちゅうしていたんだ。いつもいつも、そんなことであれこれ言われるなんてゴメンだね。仕事に差し支えるよ」

ここで触れておかなければならないことがある。つまり、「仕事」という概念が今日何を意味しているのかということについてだ。僕たちの親世代は、仕事「と」生活をもっていた。この二つは別々のものだった。仕事を終えたあとはプライベートを大切にした。今では、それが一つに溶け合っている。

今や仕事は、仕事以上の意味をもち、職業に対する要求はまるで天命かと思われるほど高くなった。

その理由の一つは、今の世代が好むと好まざるにかかわらず、これまでにないほど強く自らの存在の特別さを意識しながら育ってきたことにある。自己実現を望む気持ちがどの世代よりも強いのはそのためだ。仕事は自分の個性を表現するもの、自分の望みや夢を表現するものであり、もはや生活と切り離すことができない。夢の実現がかかっているとなれば、仕事はもう単なる仕事ではなく情熱へと昇華する。

(1)　一九八七年から一九九一年まで放映されたアメリカのテレビドラマの題名。三〇歳代の人を指す。邦題『ナイスサーティーズ』(TBS)。

仕事とプライベートは区別されず、交互に織り込まれる。いつでもどこでも連絡が取れるようになったこともあって、境界線が霧散した。スマートフォンによって、オフィスはほとんど持ち歩きが可能になった。そして、生活の中心は仕事で成功することへと傾いてしまった。まったく気がつかないうちに。

「自分」というのは、僕たちの大きなプロジェクトなのだ。そして、仕事はそのなかの一部である。僕たちが一生懸命になっているのは自分自身のことばかり。つまり、自分自身がブランドになっているということだ。

自らの個性をもっとも適切に表しているものは何かという問いかけを、僕たちほど追いかけている世代はいない。僕たちは、自らの生活のモデルづくりに励んでいる。まるで、人生そのものが自分にピッタリのカ

ベルリン中央駅のホーム

タログづくりであるかのようにキャリアや容姿をつくり、理想のパートナーを見つけようとしている。

自分の人生にあった枠づくり、いわば型づくりに必要なものを意識して選んでいる。服や音楽のジャンル、あるいは引っ越し先、食生活など、それぞれが「自分」を強調すべきステートメントとなる。そして、トドメとして付き合う人間も。

週刊誌〈シュピーゲル（Spiegel）〉で、何年か前に次のような内容の記事を読んだ。「以前の人生はこんなふうだった。大人になって、職業を得、結婚し、子どもができれば、それでよし」

今では、「何もかも、もっとよくなるんだよ」という声が至る所でささやかれている。仕事も、パートナーも、生活も、そして何よりも自分自身が。言い換えれば、僕たちはずっと自己最適化を続けているということだ。僕たちは、何もかもがもっとよくできることを知っている。完璧に至るまで。ただ、この完璧さには問題がある。つまり、そこには絶対に到達できないということだ。

今日、関係づくりの能力不足があちこちで話題にされているが、これは普遍的な自己実現、つまり完璧になるはずだと思い込み、それを得ようとする努力にほかならない。自分の人生をもっと豊かにしてくれる、もっとぴったりの誰かがどこかにいることをみんな知っている。そして、それを本当に実感するのが、今の相手との間に何か問題が現れたときだ。具体的に言えば、自己実現プロセスのなかで窮屈な思いをしたくない、気をそらされたくない、ということだ。

彼女や彼と付き合っていくなかでとても大切なことは、人間としてともに成長していくことだ。でも、それは、パートナーをフェードアウトしてしまうほど自分のエゴが大きくなると、一挙に頭の片隅へと追いやられてしまう。

誰かと付き合っていれば、自分自身を再発見することもあるはずだ。自分を別の角度から、すなわちパートナーの角度から眺めるからだ。つまり、パートナーは自分の鏡であり、そういう意味では、外からの視点で自分を見ることができる恋愛は、人間として向上するよいチャンスと言える。何と言っても、自己認識と他人が受ける印象が同じであることはほとんどないのだから。

もちろん、このようなプロセスはよく葛藤につながるわけだが、そうなった場合、何とかこれを乗り越えようと思うことが今では少なくなってきた。でも、そうやって自分のことばかり構っていると、ほかのすべてを逃してしまう。これも、やはり変えられない事実だ。

　この日曜日、両親と一緒に一軒家が並ぶ一角を散歩しながら、一番長く付き合った女性でも三年もたなかったことや、付き合っていても、それぞれが「自分プロジェクト」にばかり気を取られているような関係だったらやっぱり長続きしないんじゃないかなどと考えていたとき、両親が僕の「シングル逆戻り」の話をしはじめた。僕は今、「女性のことを考える頭をまったくもっていない」と言われた。

「今は、ほかのことに気を取られているときじゃないでしょ。時間だけ見たって、彼女と仕事を両立するなんて絶対に無理なんだから」

（まあね）と、僕は思った。小説を書き、コラムを書き、今ちょうど脚本にも取りかかり出した。かなり仕事が詰まっている。この職業は、僕にとって常に自己実現の手段であり、自己理解の重要な一部分だった。

「あんたは今、自分自身のことに**かまけ**すぎてるのよ」と母が言う。

　僕は頷いた。たぶん、母は正しい。いや、まったくそのとおりだ。でも僕は、本当にこの人という女性が現れたら、そんなことはどうでもよくなることを知っている。少なくとも、そう願っている。

　自分自身のことしか見ないでいると、ほかのすべてを逃してしまうのだから。

2 みんなの期待にこたえられなかったらゴメン

——でも、自分の期待のほうが僕には大事

いいセリフがある。

「ウォッカを持ってこい。感情について話さなきゃならない」

これは、先日の土曜の夜を簡潔にまとめたセリフである。もちろん僕は、この夜がはじまったとき、そんなことは少しも予感していなかったが。この日、僕は同級生のマルクスと一五年ぶりの再会を果たした。

何年も会っていないのに、ついこの間会ったばかりのようにウマの合う人間がいる。マルクスもそんな一人だ。学校に通っていたときはとても気が合い、卒業してからもときどき会っていた。でも、経営管理学を学び終えた彼が仕事の都合でフランクフルトに引っ越してしまってからというもの、連絡が途絶えてしまった。

そんな彼から、ベルリンに数日いるので会わないかという連絡が先週届いた。このメッセージに大喜びした僕は、すぐに返事を書いた。

その日は今年最後の暖かい週末となったので、ベルリン北部のプレンツラウアーベルク（Prenzlauer Berg）地区のビアガーデンで会うことになった。冷え出してくると、近くの通り、カスタニエンアレー（Kastanienallee）にあるバー「シュヴァルツ・ザウアー（Schwarz Sauer）に場所を移した。ウォッカを飲みたい気分になったので、僕たちはウォッカレモンを注文することにした。乾杯をし、この一五年間の変化を語り合った。そのとき、マルクスがふとこんなことを言った。

「もう一度最初からやり直せたらなあーって、ときどき思うよ」

僕は頷いた。誰しもが必ず一度は考えることだ。**別の人生を試すことができたらどうだろうか。別の決断を下していたら、どうなっていただろうか。**

カスタニエンアレーのバー「シュヴァルツ・ザウアー」

そのあと、数か月前からある治療を受けているのだとマルクスが話し出した。

「バーンアウト（燃え尽き症候群）なんだ」

「なんてこった」

「そう、大変だったよ」と彼は言い、ウォッカレモンを飲み干した。

「でも、いいこともあった」

治療を通じて、これまで考えたことがなかったことを考える時間を初めて得たと言う。いつも、ただ単に機能していただけだということが自分でも少しずつ分かってきた。ほかの人が正しいと思っていること、ただそれだけをやってきたのだということが。

「どうして俺が経営管理学を勉強したか、知ってたっけ？」と、苦々しげに彼が尋ねた。

「お前の親父《おやじ》が学んでたから？」

「両親にすすめられたからだよ。ただ、それだけ。俺は自分の人生を左右する決定をいつも人任せにしていたんだ。今までずっと、『これをやれ』とか『あれをやれ』とばかり言われ続けてきた。それでよかった。でも逆に、言われなくちゃダメだったんだ。問題は、その言葉を信じていたことさ」

彼の両親がいろいろとすすめることはもちろん理解できる。これからの人生を乗り切るために、できるだけよい環境を息子のためにつくってやりたい。完璧な枠をつくってやりたい。でも、その完璧な枠とは何なのか。ここが問題なのだ。

友人の誕生パーティーで、息子が英語で博士論文を書くことがどれほど大切かという話を、ある超野心的な父親から聞かされたことがある。僕はとても戸惑った。なぜなら、その息子はまだ七歳だったのだ。博士論文の詳細だってまだ何も分かっていないのに……。僕は、今からその子がかわいそうになった。

この父親のような人は、自分自身の望みを子どもの人生に託そうとしているのではないかとときどき思う。自分の望みを、子どもというスクリーンに映し出しているのだ。

この人は、自身をめぐる夢想を実現させる最大の可能性が息子だと思っているようだ。そうすると、自らに課している要求を子どもに向けることになり、必然的にプレッシャーが生まれる。おまけに、息子はまだ成人しておらず、七歳だということを忘れている。

今、このことを思い返すと、このような野心にあふれる親の期待は、僕たちの生活基盤をつくり出している制度の本質とよく似ている。そして、僕たちはこの制度が生んだ産物でもある。

つまり、僕たちはこの制度の申し子であり、超野心的な親のように、この制度も僕たちにいろいろな期待をしている。こたえようとすると、肩に重くのしかかるほどの期待を。求められているのはきちんと機能することだ。この制度と同じように。

僕たちは、この制度の一つのバージョンにならなければならない。これが目標だ。嫌でも自分の限界に突き当たる目標。なぜなら、この制度の本質が追い求めているのは「無限の成長」だからだ。何より、僕たち自身の無限なる成長。それが終わる日は来ない。僕たちが歩調を合わせようとすることを、僕たちがいつまでもそうしていくことを、資本主義が求めている。すべてが完璧になるまで。

ただ、一つ問題がある。完璧という状態は絶対に得られないということだ。いつの日か、自分の要望を満たせなくなることを、そして自分の限界に突き当たったことを悟るときが来る。「バーンアウト」と診断される人がこの数年間で爆発的に増えたことにはそれなりの理由がある。僕たちは機能しなくてはならない。出世し、適合しなければならない。機能しない人は、すぐに「無能人」というレッテルを貼られてしまう。それは、すでに学校ではじまっている。

娘が通っている小学校の保護者会に出席したある女友だちが、そのときの不満を僕にぶちまけたことがある。

「この学校では、学習態度が『期待に完全にこたえている』とか『期待にこたえていない』とかっていう表現で評価されるのよ。ひどいと思うわ。『期待にこたえる』って、いったいどういうことなんだろうって考えちゃったわよ」

そのとおりだと思う。期待にこたえるということは、もちろん、既存の制度に順応するという意味だ。でも、ここには大きな論理の誤りがある。この学校制度は、変化の激しい今の時代にはもう対応しきれなくなっている。学校の役目というのは、本来、子どもにこれから生きていくための準備を施すことだ。人生の荒波を乗り越えてゆける人物に育て上げることだ。だが、これらの課題には、目下のところ、残念ながら見事なほど対処できずにいる。

現在のコンセプトは、もうそれについて行けなくなっている。与えられたものを丸暗記するという原則は、以前は何とか機能していたようだが、それは見た目だけのことであって、今ではすっかり機能しなくなっている。学校制度が時代遅れなのはずいぶん前からの話であって、今、それがくっきりと現れ出しただけなのだ。

僕たちは、「昨日」の学校で、「おととい」の教師から、「産業革命初期」のメソッドで、「あさって」の問題に取り組む準備をさせられている「今日」の生徒なのだ。

この一文は本当に真実をついている。学校以外にも使える一文だ。

自分のことについて、まったく思いもよらないときに、想像以上にたくさん語ってくれる物事がある。数か月前、引っ越しのときに使い、地下室に置いたままにしてある段ボール箱の中に、一年生から九年生までの成績表を見つけたときにように。言ってみれば、それは僕自身を見つけたようなものだ。もちろん、そのときには何も気づいていなかったが。もう何年も忘れていた出来事を思い出させる古い写真を見るように、先生の評価を読んだ。それは、僕が想像もしていなかった「現在」につながった。

「ミハエル（著者）の勉学に対する態度は一貫していない」と、七年生のときの評価にあった。「関心のある教科の成績はとてもよいが、全体的には今一つ持続力に欠ける」

「全体的には今一つ持続力に欠ける」というのは、要するに「関心のない教科はどうでもよい」ということだ。ということは、今ならこんなふうに言われるのではないだろうか。僕は「制約つき」で「期待」にこたえている。何と言おうか、この評価は今の僕をかなりうまく言い表している。

デザイナーのカール・ラガーフェルド（Karl Lagerfeld）は、かつて「私は興味をもっていることにしか才能がない」と言った。これはとても真実をついているし、僕にも当てはまる。

僕は、いつも興味のあることしかやってこなかった。レコード会社で働き、広告代理店で働き、今は作家として働いている。携わってきた業界では、常に異業種間転職者だった。すべて独学だった。独学する人のメリットは野心にあふれていることだ。

一心不乱にとりかかるので、知識をどんどん吸収していく。そこで求めているものは自分自身の期待であって、他人の期待ではない。最初に期待があると、人はそれを満たそうとする。求められているものが自身の期待であれば、人は自分の道を行く。ひょっとしたら、これが答えなのかもしれない。自分の道を行くことが。人の期待にこたえられないのは、自分自身への期待をもっているからだ。

先述のとおり、親というものはベストのみを望む。親の人生経験と子どもがもつ期待の間には常に闘いがある。これが思春期の社会的な機能だ。独立した人格となるために、親から解放されるために、親の手から離れる必要があるので親は敵となる。

これは、僕たちの生活基盤である制度にもそのまま応用できる。よく機能しているように見える既存の制度に順応するということは、もちろん安全を意味しているわけだが、この安全性が今まさに危機に陥ろうとしている。貧富の差が激しくなる一方の現在、ニュースよりも風刺番組のほうが真実を伝えているような気がする。保守的な〈F.A.Z〉[1]までもが、僕たちは間違った方向へと進んでいるのではないかと問い出した。問題となるのは、このような新しい環境に政治がどれだけ早く反応するかということだ。しかも、決定を下すより、どちらかというと議論を続けたがるこの国のなかで。そう考えると、素早い反応ができないという可能性が大きい。荷が重すぎる。これが精いっぱいだ。

ということは、責任は僕たち自身にあるということになる。

でも、それはまた逆に、目まぐるしく変化する不安定な時代の長所なのかもしれない。僕たちは、新しい思春期に入るように強制されている。うまくやっていると実証されているように見えるけれど、実はすでに機能しなくなっている状態を抜け出して。

今の世の中は、ずばり、人がもう機能しなくなることを求めている。逆らい、期待にこたえないことを。

考え方を一新して、自分に一番ぴったりの道を進むことを。自分自身の道を。アーメン。

（1） ドイツの全国紙〈フランクフルター・アールゲマイネ・ツァイトゥング〉の略称。

3　坊や、それでは稼げないよ

――さあ、ベルリンへ！

もっと条件のいい職場を見つけて契約書にサインをしたあとに、不満だらけの会社を辞めることほど気持ちのよいことはない。

本当は鼻持ちならないヤツだと思いつつも、愛想よくしていなければならなかった上司の向かい側に座り、数年間の嫌がらせや敵対的な態度、そしてサービス残業のことを思い出しながら、この話さえすればそれらすべてに一矢を報いることができると思いをめぐらす。そして、自分のほうが力は上だと今でも思っている上司の顔を見ながら、もうすぐその満足げな表情が消えるのだ、事態が逆転するのだと、思いをめぐらす。

こんなシーンが映画にもあった。『ファイト・クラブ』(1)のエドワード・ノートンとか、『ア

(1)　謎の男タイラーと主人公、秘密組織「ファイト・クラブ」をめぐる、暴力シーンの多いアメリカ映画。一九九九年制作。

メリカン・ビューティー』(2)のケヴィン・スペイシーとかだ。ともに、大見得を切っての辞職だった。

これは一つのシンボルだ。僕は、これを二回経験させてもらった。とてもいい気分だった。コントロールするのはこっちだ。そんな、確かな感触がある。でも、映画のような人生は稀なのだ。

そう、まさしく、ベルリンでは。

知り合いのある女性が職場に大いなる不満をもつようになってから一年が経とうとしている。その理由の一つが上司であり、その上司は『アメリカン・ビューティー』のような辞職シーンが現実に起こっても不思議ではない振る舞いをしていた。

彼女の勤め先は、ベルリン・ミッテ区(Bezirk Mitte)にある広告代理店だ。大学を卒業し、就職してから六年が経ち、今ではチームのまとめ役になっている。これだけの実績があれば、新しい職場は難なく見つかりそうだ。先週は八社の面接に行ってきたが、どこの会社でも予想どおり話が進み、七社から「即、雇いたい」という回答が来たという。どこの会社を選ぶのかは彼女の自由、ゆったりと構えて好きな会社を選ぶことができる。誰もが夢に見るようなシチュエーションだ。

なのに、彼女の見方はちょっと違った。

「もうガックリよ」と、先日会ったとき彼女が疲れたような口調で言った。

「ガックリ？　すごい話だと思うけどね」

「それがねぇ……」と、彼女は未来の雇用主となるかもしれない会社が提示した賃金について話し出した。その額は、必ずしも彼女の希望に見合うものではなかった。

「一二〇〇ユーロ。(3) これが最高の金額よ」

（えっ！）と僕は思い、この金額から自分の固定費を引いたらどれくらい残るのかと素早く計算してみた。答えは一〇〇ユーロだった。かなりガックリする金額だ。一日に換算すると三・三〇ユーロ、さらにガックリする金額だ。しかし、彼女の話はまだ終わっていなかった。ひと言足りなかったのだ。「額面で」という言葉が。

「なんだって⁉　額面で一二〇〇ユーロ？」

彼女の手元にどれくらい残るのか分からないが、僕の生活費であれば赤字だ。

「まぁ、でも、少なくとも四桁台じゃん」と、僕は苦笑いしながら言った。

（2）一見理想的なアメリカの中流家庭の崩壊を描いたアメリカ映画。一九九九年制作。
（3）約一三万八〇〇〇円。二〇二〇年四月現在。

あ〜あ、ようこそ、このベルリンへ。そう、これがベルリンの現状なのだ。

こんなふうに、この街では大卒かつ経験者でも相応の給料をもらうことが難しい。いわんや、社会人一年生となると……。

先週末、ドレスデン（Dresden）出身の青年が、ベルリンに引っ越してスタートアップ[4]でインターンをやるというプランを話してくれた。二四歳の彼は、大学を卒業しているわけでもないし、職業教育を受けたわけでもない。「まずは、初任給として一〇〇〇ユーロもらえれば十分だな」と言う。

「まずは？」と問い返しながら、僕はあっけにとられて彼を見つめた。彼はおうようにうなずく。これほど妥協したのだから、未来の雇用主は自分を雇うしかないだろうと思っているようだ。

「まぁ、でも、インターンには、普通、給料は支払われないよね」と、僕は注意を促した。

「スタートアップでも？」と、彼は唖然とする。

「うん、そういうところでも」

話が簡単に終わりそうな言葉を選んで僕は言った。

このドレスデン青年のような若者は決して少なくない。みんな、ベルリンに来たがる。

ベルリンはプロジェクタースクリーンだ。夢やあこがれを描き、自己実現をするためのスライドなのだ。

都心は、何が何でもメディアで働きたいという陶酔感に満ちた若者でいっぱいだ。ライバルは多い。そこから抜きん出るために、ほとんどの人が本来の価値以下で自らを売っている。つまり、一年間のインターンという方法を選ぶのだ。

正直なところ、この「一年間のインターン」という原理が僕には全然分からない。インターンというのは、本来、その会社でどんなふうに仕事をするかという感触を得るための期間だ。ところが、そこで求められる事柄はずいぶんと様変わりをし、今や低賃金あるいは無給のフルタイムジョブに成り果ててしまった。

その原因は、たぶん不安を覚えるような手法で、このような「無給ＯＫポーズ」が通例化してしまったことにある。とはいえ、心理学的な見地では、このような現象もちょっと興味深かったりするわけだが。

（４）　革新的なビジネスモデルを短期間で構築することを目的とする起業。

先日、友だちのバースデーパーティで、映画業界で働いているという男性と話をした。その話に僕は圧倒された。ハリウッドスターの名前がたくさん出てきたのだが、みんな、彼ととても仲のいい友だちのようだった。ジョージやラッセル、ブラッドにアンジェリーナ――少なくとも、僕にはそう聞こえた。

彼がかかわっている映画制作の話を聞いていると、彼なしではとても実現しそうにないものばかりだった。彼は会社の大黒柱、最終的な決定を下す立場にいる人のようだった。彼には「俺がいなきゃ、ここはダメなんだ」というポーズがありありとうかがえ、それが僕にとっては鼻持ちならなかった。

僕の勘違いかもしれないが、彼は僕に、家に帰ったら自分のことをググってみるように、とすすめる寸前だったような気がする。だから僕は、このすすめをどうにか阻止しようとして、「その映画制作会社で、具体的に何をやっているの？」と彼に尋ねた。

彼の口ぶりからすれば、彼はどうも幹部レベルで動いているような感じだった。いや、話を聞いていると、それ以上だという感じさえした。もっとも、そんなレベルがあればの話だが……。あるとしたら、もうほとんど神様だ。

ところが、このとき、淀みない彼の話が一瞬つかえたのだ。

「まだインターンなんだ」そう答えた彼は、意気揚々としていた。

このインフォメーションが僕のなかに届くまで数秒かかった。つまり、僕の脳に届くまで。今、何かがまったくかみ合わなくなったことを理解するまで。

「インターン？」

僕自身の口から出ているのに、この言葉はもはや「取締役会長」のように響いた。もしくは「神様」のように。

「そう、一年間のインターンなんだ。あと半年くらいなんだけどね」

「そのあとは？」

「そのあとは学校へ行く。計画どおりに運べばね」

計画どおりに運べば！――僕はこの一時間、世界を取り仕切ってきた男の話を延々と聞いてきた。それが今、すべてガラガラと崩れ落ちた。

でも、振り返ってみると、映画制作会社の運命を一手に握っているような話し方をするインターン生というのは、見事にベルリンを描写している存在だと思う。

ここは虚構の世界だ。だからたぶん、多くのインターン生が企業で決定権を握る人間のように振る舞うのだろう。都合のいいように事実をねじ曲げ、プロジェクトが終わった暁には、

「まるで億万長者」に囲まれたかのような世界をつくり上げてしまう。

そのときが訪れるまで、バーテンダーとして働いて一年間のインターン費用をつくる。だから、この街では、多くの人が一時のつなぎのつもりでそんな仕事をしている。そんなつなぎのなかで環境を整えていく。彼らは、自分自身に対する永遠の期待の星だ。環境をうまく整える役回り。だが、問題はその先にある。

その「その先」について、最近、知り合いのカメラマンが教えてくれた。彼はこのとき、ベルリンで見られるこの「無給メンタリティー」について愚痴をこぼしたのだ。

「正直言うとさ、クリエイティブな人間はこの無給メンタリティーのなかじゃもう生きていけなくなるから、ベルリンには誰も来なくなる、そんな日が近いと思うよ。実績のある、できる人間ですら、夢に見た生活をするために一〇個ものバイトをしないといけないなんて、何かが本当に間違っている」

そして、短い沈黙のあと、こう続けた。

「でも、やっぱり、金持ち企業の次のプロジェクトをタダでやるってヤツが絶対に出てくるんだよな」

（そこなんだ）と僕は思った。そういうヤツがいる。そして、それが問題なのだ。

みんな、自分の価値を意識するべきだ。給料や報酬は、僕たちの仕事に対する雇用主や顧客の評価を表す本当の意味での判断基準だ。その仕事が彼らにとって価値のないものであれば、君たちにも価値がない。本来の価値以下で自分を売ってはいけない。人からバカにされてはいけないし、何より、自分で自分をバカにしてはいけない。でも、残念ながら、一度当たり前になってしまったことは、なかなか元に戻すことができない。

ときどき、僕は夢想する。こんな自己搾取者たちが全員そろって辞めたらどうなるだろうか、と。ケヴィン・スペイシーやエドワード・ノートンのように大見得を切って、一週間とか、それこそ一日のうちに。

もしも、突然、みんなが「もう搾取されないぞ」と思ったらどうなるだろうか。もしも、ベルリン・ミッ

週末のベルリン・ミッテ区

テ区の人気企業から、週六〇時間を月額四五〇ユーロやそれ以下で働く社員が一夜にして一人もいなくなってしまったら。もしもみんなが、現状適応について考え直すことを強いられたとしたら。もしもみんなが、相応の支払いを受ける人だけが本当によい仕事をしているのだということに気づいたら。

読者のみなさん、もしもそうなったとしたら。もしも……。

4 自分の変化を味わおう

ケルンの広告代理店でアートディレクターとして働いていたころ、職場での日常の大変さをしょっちゅう嘆きに来る同僚がいた。彼は、「翌週には辞表を出す」と二年間言い続けた。遅くとも翌週には、と。

これはすでに一〇年以上も前の話になるが、その同僚は今でもその代理店で働いている。そして、今でも嘆いている。時折、電話で話をすると、時間旅行をしているような気持ちになる。変化は一切ない。そして、僕の見立てによると、変化はこれからもあまりなさそうだ。

何と言おうか、これは彼一人のことではない。生活を変えたいという衝動を感じている人は、僕の知人友人のなかにも少なくない。彼らの生活は必ずしも悪いものではないが、残念ながら、満足できるだけの生活をしているわけではない。**本当は別のプランがある。本当は！　彼らが自分の人生を語るとき、そこには必ずこの「本当は」が現れる。**実を言うと、僕にも分からなくはない感覚だ。

ほとんどの人が、最初からもう一度すべてやり直したいという気持ちになったことがあるはずだ。現状を突破したい、自分の人生に新しい方向性を与えたい、と。これまでの人生を振り返ってこう思う。

「これで終わり？　これがすべてだったの？　なりたいと思っていた人間になった？」

この瞬間、これまでの数年間で自分の夢をいつの間にか見失っていたことを悟る。まったく気がつかないうちに。

そう、自分の夢というのはなかなか厄介な問題なのだ。誰もが、成功し、何か重要なことを成し遂げ、足跡を残すことを夢見ている。この世に何かをもたらしたいと思っている。同時に僕たちはまた、少しだが退化もしている。みんな、いつかは億万長者になり、映画スターになり、あるいはロックスターになるという、テレビを通じた信仰のなかで育ってきたからだ。少なくとも、あの素晴らしい映画『ファイト・クラブ』(1)のなかで、ブラッド・ピット（Brad Pitt）がエドワード・ノートン（Edward Harrison Norton）にそう言っている。そして、こう付け足している。

「でも、ムリなんだ。それがだんだん分かってきたところさ」

『ファイト・クラブ』のなかでブラッド・ピット扮するタイラー・ダーデンが唱えているテ

ーゼの好例と言えるのが、一四歳になる僕の姪だ。最近、彼女のビジネスプランを聞いた。

「タランティーノ(2)の映画に出るか、心理学者になるかのどちらかよ」

タランティーノか心理学者、すでに一つの物語を語っているコンビネーションだが、もしかしたら、姪のプランは今の社会を端的に描き出しているのかもしれない。

年を取り、自分の夢が現実とぶつかり合うと、夢はあっという間に崩れ落ちる。

たとえば、ファッションにとても敏感な女友だちがいる。僕の周りで、このテーマについて彼女より情熱的に話す人はほかにいない。彼女は通《つう》だ。何でもよく知っている。そのために生きていると言っても過言ではない。〈ヴォーグ〉や〈ウォールペーパー〉などの超一流ファッション雑誌の編集部で働く姿も、いつだって僕には想像することができた。

彼女の夢はファッションデザインを学ぶことだった。僕は、彼女の将来の姿を鮮明に想像していた。だから、彼女がこの夢を捨てて、別の学部に申し込んだときはとても驚いた。不

（1）　二一ページ参照

（2）（Quentin Jerome Tarantino）アメリカの映画監督、脚本家、俳優。監督作品に『パルプ・フィクション』などある。俳優として『キル・ビル』などに出演している。

動産マネジメント、存在すらまったく知らない学部だった。

「不動産マネジメント？」

「まあ、もうちょっとまともよね」

（ああ）と僕は思った。

こうして、彼女の人生に「まとも」という言葉が現れ出した。でも、僕の懐疑的な眼差しに気づいた途端、ファッション通の彼女が頭をもたげてきた。

「もちろん、とりあえずの話よ」

ふむ、なるほど。

この「とりあえず」は、六年経った今もまだ続いている。そして、見たところ、それはもはや「もう、ずっとこのまま」になったようだ。

彼女は、こんな大学生活を一つの過渡期だと思っていた。月日の経過とともに慣れてしまった過渡期。いつの間にか、考えてもいなかった人生に滑り込んでしまった。

今、彼女はある不動産企業で働いている。初めの一歩を踏み出す前に、すでに諦めてしまったのだ。そして今では、「まとも」という概念が彼女の人生を左右しているかのようだ。

彼女は古い友だちだが、僕はなんだか、今でも彼女とこの職業をうまく結びつけることができない。どうしてもしっくりこないのだ。

あるとき、そのようなことを言った僕に彼女はこう切り返してきた。

「私も大人になったのよ」

このセリフの痛ましさに彼女が気づいているのかどうか、僕には分からない。

僕は両親から、「お前はいったい、いつになったら大人になるのか」とよく言われる。もちろん、僕に対する批判だ。それでも僕は、この言葉をむしろ褒め言葉として受け取っている。自分のなかの子どもを失わないようにするべきだ、とよく言うではないか。ナイーブな、新鮮な目を。限界ではなく、可能性を考えることを。これは親に対する若者の反乱なのだ。つまり、親がしてきた経験と子どもがもつ期待の葛藤なのだ。それは、夢を実現しようとする人々が保ち続けてきた、非合理的で子どもっぽい視野だ。

もちろん、仕事とプライベートを厳格に分けている人もいる。そういう人々は、余暇に費やすお金のために働いている。彼らのなかの子どもは、すでに息絶えてしまったのだ。

友人のマルクスは建築を学んだ。後世に何かを残すという宿命をもっている職業だ。もちろん彼も、大学で勉強しているときは偉大なプランを抱いていた。自らの足跡を残そうと思っていた。彼が設計した建物が街のスカイラインを描くはずだった。その彼は、今、ベルリン近郊に造られる老人ホームの建設計画や設計を担当している。

所属している事務所はそれらの建物を「シニアレジデンス」と呼んでいるが、それでレベルが引き上げられるわけではない。つまり、彼は八年前からあこがれの職業の変形バージョンの仕事をしているのであって、それは今後も変わりそうにない、ということだ。

建築を学び、三〇代半ばで老人ホームを建てるというのは、何年間も若者向けのラジオ局「フリッツ」[3]で仕事をしたあと、五〇歳以上向けの放送局「アンテネ・ブランデンブルク(Antenne Brandenburg)」に転職したラジオパーソナリティーのような気分なのだろう。これは、やはり不安を呼び起こすものだ。

マルクスは、プライベートではよくラモーンズ[4]のTシャツを着ている。そうして、自分自身を安心させようとしているのかもしれない。でも、それはうまく機能していないようだ。少なくとも、彼の表情を見ていると。

つい最近、彼から聞いたところによると、彼の会社はベルリンきっての観光地区であるハッケシャー・マルクトに「シニアレジデンス」を建てているという。狭い歩道に大勢の人々がひしめき合い、もうお呼びでないことを高齢者に極めてはっきりと示している界隈だ。彼らは、ここでは邪魔になるだけだし、ここにいると実際よりも老けて感じることだろう。そう考えるとマルクスは、単なる老人ホーム建築家ではなく、「無慈悲な老人ホーム建築家」と言うことができる。

この「シニアレジデンス」はすでに完成している。時折、気後れした不安げな入居者が警戒しながら建物から出てくるのを見かける。そんな様子を見ると、こんなことを考えつく人っていったいどんな性格をしているのだろうと思う。それに、いったいどこの誰がこんな建築計画を許可したのだろう。他人のことなどお構いなし、という奴らだったことだけは明らかだ。お金だけがすべての奴ら。

(3)（Fritz）若者向けのベルリンの公共ラジオ局。
(4) アメリカのパンクバンド。一九七四年から一九九六年まで活動。

ハッケシャー・マルクトのレストラン。夏は野外で

そして、問題はここにある。お金。失いたくない担保。多くの人に自分を変えるだけの勇気を与えない理由、それがこのお金だ。変化には制約が付きまとうことが多々ある。変化は担保を奪う。だから、もはや恋愛関係の残り滓《かす》で結ばれているような多くのカップルもまだ機能しているのだ。担保は怠惰につながる。安定した満足のほうを選び、妥協のなかで生き、それをまともだと表現する。そうしていつか、自分の人生も妥協の産物になってしまったほど多くの妥協をしてきたことに気づくのだ。

二九歳のとき、僕は突然週末がとても楽しみになり、それがあっという間に終わり、月曜日のことを考えると気が滅入るようになっていることに気づいた。月曜日が嫌いになっていた。**でも、月曜日はそんなに悪いものではない。悪いのは僕の仕事だった。時間の無駄遣いだという気持ちにさせる仕事だった。**

もう、僕は積極的ではなくなっていた。だから、もう一度元気になろうとして、新しいスタートを、刺激を求めた。自分の人生に新しい方向性を与えたかった。自分にもう一度「遊び」を、展望を与える何かをしたかった。まだ終わっていないという思いが心にあり、このあとにまだ何かがやって来るという気がしていた。

でも、本当に悲劇的だったのは、当時働いていた代理店において、僕が「大黒柱」と見なされていたことだった。時間の浪費だと思いながらこなしていた仕事が、高く評価されていたのだ。とはいえ、このような称賛が僕の虚栄心を満足させることになった。自分では短所だと思っているところが高く評価されているのだ、と。

それは、物事を単純化する誤解だった。そして、ここではある程度のレベルの生活スタイルに慣れ切ってしまうだけのお金も稼いでいた。悪循環でしかなかった。過ちは自分の生活のなかにあるのに、周囲の事情のなかにそれを探し求める大勢の人々と同じ状況にいた。これは言い訳にすぎなかった。結局、過ちはみんなそれぞれ自分のなかにあるのだ。

僕はやっとそのことに気づいた。辞表を出し、ベルリンへ引っ越して、小説を書くために一年間ほかの仕事には手を出さなかった。そして、渇望していた覚醒の気分をついに味わうことができた。でも、一度贅沢な暮らしに慣れてしまった身には、わずかのお金でやり繰りをしなくてはいけないという生活はとても大変だった。夢を実現するためには、もちろん一生懸命それに打ち込まなければならないし、忍耐や挫折がつきものだ。それでも、僕は自分の人生について考えていた。目標をもっていた。

そして、ここが肝心なのだ。自分の人生を浪費しないこと。人生は一度きりなのだ。

僕たちの時間はかぎられている。だから、それを最高の形で使うべきだ。幸いにも、僕たちはそれが可能な国に住んでいる。

さあ、君たちの才能を発揮して、夢を実現しようじゃないか。一歩踏み出そう。ジャンプしよう。「本当は」という言葉を「ああしていれば」という言葉と置き換える前に。つかみ損ねたチャンスを別の表現と置き換える前に。

もし、置き換えてしまったら、自分に甘んじてしまったことになる。そうしたら、本当にあきらめてしまったことになる。永遠に。

5 こんなプロジェクトをやっているんだ

あるインタビューでＤＪコーツェ(1)が、「なぜ、ベルリンに住まないのか」と尋ねられた。「誰も彼も、みんなベルリンを目指すのに」とインタビュアーは言う。ＤＪコーツェの答えはこうだった。

「ベルリンに行くのはバカだけだ。だから、自分はハンブルクに留まるほうがいい」

手厳しい言葉だし、論戦的な言い方でもある。それでも、正直なところ、「彼は正しい」と言いたくなる瞬間がある。

ベルリンに吸引作用があるのは確かだ。僕の友人でミュージシャンのヴィヴィアンは、目下ドレスデンに住んでいる。そして、どうしてもベルリンに引っ越したいと思っている。ドレスデンの田舎臭さに絶望しているわけではない。ドレスデンでは限界があるのだ。世間に

（1）ドイツのＤＪ、ミュージシャン。一九七二年、北ドイツのフレンスブルク生まれ。

気づいてもらうために、アーティストには都会が必要なのだ。だからこそ、ブレヒト（Eugen Berthold Friedrich Brecht, 1898〜1956）はアウグスブルクからベルリンへ行ったわけだし、シェークスピア（William Shakespeare, 1564〜1616）はストラトフォード＝アポン＝エイヴォンからロンドンへ引っ越した。そして、ミュージシャンのヴィヴィアンも、気づいてもらうために大都会を必要とする転換期にいた。

前述したように、ベルリンには人を引きつける魅力がある。引きつけられるのは、残念ながらヴィヴィアンのような人だけではない。彼女のような人は、はっきり言って不安になるくらいわずかしかいない。とりわけこの都会が多く引き寄せるのは、今の流れに乗りたいと思っている人たちだ。クールだからここに住む、ただそれだけ。

彼らはそこに属していたい。そこのシーンに。だから、ベルリンにはＤＪが大勢いる。これがもっとも早道なのだ。ベルリンに来る人は、まずは曲をミックスしないＤＪになる。あるいは、クラブのカウンターで働いて、何とかシーンの一部になろうとする。もっと簡単な方法は、それなりのパーティーへ出掛けたり、招待客リストに名前を載せてもらったり、趣味の悪い服装をしてオリジナリティーを発揮するだけでよい。これだけでも十分と言える時代になったのだ。

中身など、もうなくなってしまったようだ。だから、トーア通りにある、ああいった類のバーに来る客の多くは空虚な顔つきをしている。まったく中身のない顔。白いスクリーンのような。

中心街にあるカフェやレストランに座っている人々を見ていると、彼らは丸々一日ここで過ごしているのではないかと思う。いったいどうやって生計を立てているのかと時折思う。きっと快適な仕事なのだろう。一日中カフェに座って電話をしているのだから。

以前は僕も、ハッケシャー・マルクト近辺にあるカフェをトレンディーだと思っていた。もちろん今では、そこが観光客用のカフェであることを知っている。そう考えると、これらのカフェに座っている人は、まだこの町にそれほど長く住んでいるわけではないのだろう。彼らは休暇中なのだ。ちょっと長めにこの街に滞

ツーリストにも人気のハッケシャー・マルクト

在するツーリストなのだ。夜になると、彼らの居場所はカフェやレストランからミッテ区にあるクラブに移る。そこのドリンクも、今ではやっぱりツーリスト価格になっている。休暇中はそれほどお金に頓着しない。たとえ、それが数年間続くとしても。

これが、「クリエイティブなメトロポリスと評判のベルリン」と対立する状況だ。このような状況は、数年前からニューヨークに住んでいる僕の知人の言葉ともぴったり一致する。彼は、「ベルリンではすごくゆっくりできるから、ときどき帰ってきたい」と言っていた。

「プレッシャーがないんだよ」

とてもよく要約されたひと言だ。クリエイティブなメトロポリス「ベルリン」は、ゆっくりしたい人のための街なのだ。**ここに住む人の口は達者だが、実行に移されることは稀だ。**

何年も前からある脚本を書き続けている男がいる。彼はバーテンダーとして働いて、その資金を稼いでいる。プロジェクトの進み具合を尋ねると、彼はニコニコして言う。

「進んでるよ。発展してる」

彼の楽観さはずっと続いている。今も、まだ。五年前から、彼はこの脚本プロジェクトの話をしている。でも、最近僕は、本当のプランはこの脚本ではなく、それについて話すことではないかと思うようになった。彼が脚本を書き終えることはないのかもしれない。見ていると、そんなことはまったく問題ではないようだ。

　でも、数週間前に会ったときの話が僕を不安にさせた。そのとき彼は、一万ユーロ（約一二〇万円）の借金をしていると言ったのだ。

「一万ユーロ！」と、僕は驚いて繰り返した。

「四捨五入してね」と、彼はのんびりと言う。「何とか、このプロジェクトの資金繰りをしなきゃいけないだろ」

　僕にとってはとても落ち着いていられない金額だが、とりあえず頷いた。彼の収入をだいたい知っていたので、この借金の返済にどのくらいの年数がかかるのかと、ざっと見積もってみた。結果は一七年、四捨五入して。

「それ、いったいいつ終わるんだよ」

「そうだなぁ。まだ細かい部分の推敲をしてるところなんだ。脚本が終わったら、まあ一年くらい休むよ」

　一年休む。すっかりリラックスして。ボングパイプ(2)の愛用者には当たり前のことなのかも

(2)　フィルターの代わりに水を用いた喫煙具。

しれない。でも、何と言おうか、彼はこの新しいトレンディなベルリンにぴったりハマるのだ。

ひょっとしたら、彼はこの街をもっとも的確に体現しているのかもしれない。ベルリンとリンクする、あの「未完」のイメージと。

そして、それは哲学にもいくらか当てはまる。その哲学の、主要部分であるかのように見える。そして、その部分では、「過ち」が「スタイリッシュ」という言葉に定義し直されている。それは、この街の信条でもあるようだ。

最近、友人のクリストフと一緒に、ベルリン・ミッテ区のミュンツ通り（Münzstraße）にあるイタリアンレストランへ行った。その店は、ベルリンの壁[3]崩壊直前に完成し、当時、旗艦的なアパートと見なされていた、あのグレーのプラッテンバウ[4]のなかにあった。現在のルーマニアにあってもまったくおかしくない建物だ。アレクサンダー広場からミュンツ通りのほうを眺めると、これらの巨大な建物は視界の妨げになるだけだ。どうして取り壊さないのか、と何度も思った。でも、これらの建物をそのままにしておくことは、やっぱりこの街の信条にあっているのだ。

このように見てみると、最先端の流行を追うヒップスターは本物のベルリン人だ。彼らは趣味の悪い服装をし、それをスタイリッシュだと言ってはばからない。彼らが起こした反乱とは、完璧な消費者になることだった。

彼らは、高級ブランドの支店が並ぶミュンツ通りにあるプラッテンバウの醜いファサードによく似あう。テナント料はべら棒な金額だろう。「ヒューゴ・ボス（HUGO BOSS）」のマネージャがあるインタビューで、「採算の取れない支店は世界中にたった二店しかない」と話していた。それは、ニューヨークとハッケシャー・マルクトだった。

一九九〇年代末を思い出させる話だ。当時、ベルリンに引っ越してきた大勢の人が、プラッテンバウは一度住んでみるべきところだと思っていた。国連広場に面したこれらの高層ビルのなかで、コカ・コーラのCMやミュージックビデオが撮影されたりしたからだ。

ミュンツ通りにいた僕とクリストフは、彼も知っている例の脚本家の話をしていた。「どうしようもないね！」と、クリストフがきっぱりと言う。「よく分からん。みんな先を考えていないよな。ベルリンはとんでもなく反社会的なところだから、そんな奴らを引き寄

（3）　プレハブ方式で建てられた大きな団地。
（4）　（Alexanderplatz）　ベルリン・ミッテ区の北東の端に位置する広場で、観光のスタート地点として人気がある。

せるんだ。いつも何かしらのプロジェクトをやっていて、一日中MacBookを前にカフェに座りっぱなし。挙げ句の果てには、みんな失業保険で生活してるのさ」

「う～ん」

　僕は慎重になった。そんなふうに一絡げにすることはもちろんできない。でも、クリストフは、僕が口を挟む前に先を続けていた。

「なんかさ、これって何もかも、よく分かんないけど、見せかけの世界じゃん。ちょっとでも先を考えている人間って、なかなかいないよ。あいつら、みんな永遠に三〇代のままでいるわけないのに。**ほとんどが『プロジェクトをやってるんだ』なんていう言葉の陰に隠れてさ。親が金持ちならできるだろうけど……**」

　どういうわけか、僕はこの脚本家の友人の弁護をし

国連広場のプラッテンバウ

なくてはならないような気持ちになり、こう言っていた。

「でも、それがこの街のイメージでもあるよね。それに、彼らは……」

「……ベルリンを多彩にしてるってか？」とクリストフが大声で言う。「くそったれ！　あのフリードリヒスハインの家を占拠したような奴らがか？　あいつら、何年か前にあそこを出たよな。聞いたろ？　ヴァイセンゼー(5)に代わりのアパートを用意してもらったんだってさ。でも、それを蹴ったんだぜ。中心街から外れてるからって」

話がおかしな方向に進み出したような気がしたので、僕は彼の言葉を遮る仕草をした。クリストフは、少し気持ちを落ち着かせたようだった。彼ならどんな選択をしただろうか、と僕は考えた。正直なところ、自分をあんなに怒らせる人たちが、実際はひどくベルリンにマッチしていることにどうして彼自身が気づかないのか、ちょっと意外な気がした。

これとまったく変わらないのがベルリンの地方政治だ。この街の地方政治に見られる現象というのは、空港の開港を永遠に引き延ばしたり、工事費が膨れ上がり続けたり(6)、経済利益

(5)　フリードリヒスハインと同じく、ベルリン東部にある町。
(6)　新しいベルリン・シェーネフェルト空港は二〇一一年開港の予定だったが、技術的な問題が重なり、開港が先送りになっている。現在の開港予定は二〇二〇年一〇月。

のほうが大事だからといって文化的かつ歴史的な記念碑を壊して「イーストサイドギャラリー」[7]を造ったりすることではない。**本当の現象は、責任者がそれらの責任を取らなくてもよいことだ。**

ほかの州であれば、あれほどの巨大空港プロジェクトにつまずいた政治家の政治生命はそこで終わっていたはずだ。ところが、ベルリンでは、クラウス・ヴォヴェライト[8]がにやけ顔で椅子に背をもたせかけ、落ち着き払って二言三言話しただけで無為のままじっとやり過ごした。すっかりリラックスして。この男はベルリン現象の一つである。こうして、これがスタイリッシュなのだと定義し直されてしまった。これは一つの過ちだ。

ハイナー・ミュラー[9]がかつてこんなふうに言っている。

イーストサイドギャラリー

「歴史が起こるなら、ベルリンがそのはじまりとなるだろう」

一九八二年のことだ。その後の発展を見れば、彼は正しかったと言える。でも、今は？　正直な話、この言葉が今日も通用するのか疑問だ。そんなふうには見えない。ミュラーの言葉は、すでに時代遅れになってしまったようだ。

僕が正しくないことを期待しよう。頼むから！

（7）ベルリンの壁に絵画を描いた壁画ギャラリー。シュプレー川沿いにある。
（8）(Klaus Wowereit) ドイツの元政治家。二〇〇一年から二〇一四年までベルリン市長を務めた。
（9）(Heiner Müller, 1929~1995) ドイツの劇作家。『ハムレットマシーン』（原題：ハムレットマシーン）岩淵達治、谷川道子訳、未來社、一九九二年、『カルテット』（原題：カルテット）岩淵達治、越部暹、谷川道子訳、未來社、一九九四年などが邦訳出版されている。

6 外界では戦争が支配している

まだサラリーマンだったころ、この人にどうして恋人がいるんだろうと不思議でならない人たちが会社にいた。どうして彼らを好きになれるのかと、何度も悩んだ。とくに、職場での彼らの振る舞いを見ていると。

彼らは部下や後輩に声をかけ、それでやる気を出させていると思っていた。でもそれは、映画のなかで聞いたとしたら、絶対に観客が反感を抱く類いの言葉だった。たとえば、「無能な部下にも優しくしなければいけないなんて、俺の職務内容には書かれていない」とか「ここは広告代理店であって、社会復帰プロジェクトじゃないんだ」などと言い放っていた。

職場でこんな言動をしている人を好きになる人間がいるのか、と疑問に思った瞬間は数知れない。でも実は、これはそれほど奇妙なことではなかった。今では、僕もそのことがよく分かる。

人間は、職場とプライベートでは大きく変われるものなのだ。それこそ、互いの個性を排除すらできる。この二つの場所では、演じる役割が異なる。ここには二つの異なる顔がある。いわば、同一人物に二つのバージョンがあるということだ。

それは僕も分かっている。それでもなお、恋人たちが職場での彼らと知り合っていたら、果たして恋に落ちただろうかと考えることがある。

そんな繕われた外観は、パックリとひび割れることがある。たとえば、クリスマスパーティーで。原因はもちろんアルコールだ。よく知っているつもりでいた同僚が、突然、まったく見も知らない一面を明るみに出す。いわば、その人の新たな一面を知ることになるのだ。だがそれは、いつもメリットになるとはかぎらない。

たとえば、数年前のあるクリスマスパーティー。同僚のある女性が僕をグイと引き寄せて、無言でカウンターを指さした。そこでは、チームリーダーのアレックスが会社の経営責任者と話をしていた。彼女はそれを呆然と見つめていた。言葉を失うほど衝撃的なシーンを目撃したかのようだった。

僕は彼女の視線を追い、同じように呆然とした。言葉を探そうとしたが、このショックは言葉に表せないことをすぐに悟った。こんな情景を見れば、言葉を失うしかなかったのだ。

僕たちが見たのは、チームリーダーの笑顔だった。

「彼の人間的な感情の動きを見たのは初めてよ」と彼女は感動したように言ったが、その声にはわずかな不安が感じられた。アレックスはほとんど笑わない人間だった。挨拶もほとんどしない。オフィスの廊下ですれ違いざまに挨拶しても、まるで邪魔をされた危険な肉食獣のように不機嫌な声を発するだけだった。思うに、これが彼の自己像でもあったのだろう。

彼は四〇代の前半だったが、そんな年齢には見えなかった。髪の毛はふさふさ、歯もきれいで、まるでディーター・ボーレン[1]のようだった。彼はこんなことも言い放つ人間だった。

「ファッションスタイルを変えてみたらどうだ。お前のルックスはこのカンパニーのコーポレートアイデンティティーにそぐわない」

あるいは、

「おい、分かっているか。俺はお前の専門能力はまったく疑ってないんだぞ。本当にいい仕事をしてる。でも、お前には正直でありたいから言うんだが、お前のことを気に入らないんだ。俺は気に入った人間としか一緒に仕事したくない」

と。

僕たちのチームリーダーは、ある意味、ボーレンから人間味を取り出したバリエーションだった。ディーター・ボーレンだって、誰からも愛されているというわけではないから、こう言えばある程度分かってもらえるのではないだろうか。

チームリーダーの彼は、もしかしたらリーダー向けのセミナーで、「不安文化」をつくり上げなければ社員のモチベーションを上げることができないと教えられたのかもしれない。彼がよく使う決まり文句もそんな感じだ。

「外界では戦争が支配している」

アレックスは、明らかに自分を戦争の英雄だと思っているようだ。そして、残念なことに、彼はいつの間にかそんな身なりまでするようになっていた。

最後に彼と長く話したのは社員面談のときだった。僕にとってはどうでもいいようなことで褒められた。この会社の幹部は、お金に換算したときにどのくらいの価値になるかということで社員の功績を評価していたように思う。面談で、最終的に給料の話に及ぶと彼は、あいまいな表現なら右に出る者がいないと言える巨匠のようになった。

アレックスは二〇分間独白を続けた。何を言っているのか、さっぱり分からないこともあった。それから彼は時計に目をやり、外界を支配しているあの戦争の話をし、右手にはめて

（1）（Dieter Bohlen）ドイツの歌手、音楽プロデューサー。一九八四年から二〇〇三年までディスコサウンドのデュオ、モダン・トーキングのメンバーとして活躍。

いる銀色の髑髏の指輪をじっと見つめた。そして、再び口を開いた。

「経済状況が大変なこともあり、どのくらいの給与調整が可能かを会計に計算してもらったところ、二・九パーセントの昇給ということだった。これ以上は出せない」

　僕にはこんなふうに聞こえた。

「これで面談は終わりだ」もしくは「外界では戦争が支配しているんだ」。でも、この男の場合、結局は何もかもそこに到達してしまうのだろう。アレックス自身と、外界の戦争に。

　僕は黙ったまま、彼のピカピカの軍靴や軍ズボン、ぴっちりした黒いTシャツを眺めていた。昇給について、ジョン・ランボー(2)と交渉しているような気分だった。ランボーもやっぱりほとんど笑わない。しかし、こんな軍隊的な出で立ちで社員面談をしてもいいのだろうか。外界では、誰もが戦争に支配されているわけじゃないのだ。この男が会社で武器を手にする日も、もうそんなに遠くないのかもしれない。

　ひょっとしたら彼は、何かの治療中で、このイメチェンは自己発見プロセスの一つだったのかもしれない。こうなると、彼が自分を発見する前に誰も撃ち殺さないことを願うばかりだ。これは、やはりショックなことだと言わざるを得ない。この男は、ベルリン屈指の有力広告代理店の意思決定者なのだから。ドイツを担う働き手なのだ。

う～ん。

このような人間は突発的に何かを誘発する。たとえば、突発的な退職。しかも、単なる退職ではない。何かのメッセージが加わる。アレックスは、映画『ファイト・クラブ』[3]の主人公エドワード・ノートンのような退職の仕方をしてもおかしくなかった。一つの象徴となるような退職の仕方をしてしかるべきだった。そうすれば、彼も目が覚めるはずだ。でも、そんなことはやっぱり起こるはずもなかった。

クリスマスパーティーに話を戻そう。そこで彼は、まだあの不似合いな温かい笑顔を浮かべていた。寛いでいる感じだった。もしかしたら、現在の経済状況の積集合[4]に関する理論や、いろいろな戦地について議論していたのかもしれない。必ずしもクリスマスパーティーに適したテーマではないが、彼が水を得た魚のようになるテーマだ。

「あいつには人情ってものがまったくないのよね。感情移入能力ゼロよ」と、同僚の女性が

（2）　アクション映画『ランボー』とその原作の小説『一人だけの軍隊』の主人公。
（3）　二一ページ参照。
（4）　二つの集合の両方に含まれている要素。

言う。「指導者の取る態度じゃないわ。彼のやってることって、本当だったら許せないことよ。あの男は社会の時限爆弾よ。そのうち、誰かをボロボロにしてしまうかもしれない。でも、そうなっても気がつきもしない、そんな奴よ、あいつは」

「そんなこと、全然気づかないと思うよ。あいつのところまで届きゃしない」と、僕も言った。

彼女は悲しそうに頷いてから、絶望の色を少し漂わせながらドリンクのお代わりを注文するためにバーへ行った。

その数時間後、僕は同じくクリスマスパーティーに来ていたアレックスの奥さんと話をしていた。**彼のことについて少し話をしたのだが、僕たちはなんだか、互いに別の人間の話をしているようだった。**彼女が話していた人間は、心温かく、思慮深く、責任感あふれ

週末、パーティーの前に散歩をするシュプレー河畔

る博愛主義者だった。

僕は戸惑った。何かが完全にズレていた。冷酷な上司という外観がガラガラと剥がれ落ち、生身の人間が見えてきた。もう僕からはあまり話さず、もっぱら質問に専念した。話がどんどん面白くなってきたからだ。

でも、その話は、僕が思うにちょっと面白くなりすぎた。

彼女は少しばかり飲み過ぎていたようで、スマートフォンを取り出して、僕に短い詩を熱心にいくつも見せてくれた。それは、この数か月間に彼が彼女のために書き、ＳＭＳ（ショートメッセージサービス）で送ったものだった。

それは、愛の詩だった。

その行を追っているうちに、僕は今まさに何かが起こったと感じた。この男を見る目が変わっていた。でも、それは僕が想像していたものとは違っていた。やりきれなかった。この男のことを、上司としての彼を、まじめに考えることに抵抗を覚えた。

上司のことで知りたくない事柄というものがやっぱりある。ぎこちない叙情的な面もその一つだ。

こんなふうにバツの悪い気持ちに襲われたものの、それでもこれは重要な瞬間にちがいなかった。それは、プライベートのアレックスと職場でのアレックスがまったく異なることを知った瞬間だった。

僕の心に焼き付けられた瞬間だった。なぜなら、あれ以来、部下を怒り散らす冷酷な上司を見るたびに、彼らもプライベートでは心優しく、センシブルで傷つきやすいのだろうと想像するようになったからだ。

でも、それも先週の金曜日までのことだった。その日、まだその広告代理店で働いている元同僚の女性と会い、あの猛々しいチームリーダーが最近農場を買ってワイン用のブドウを栽培することにしたという話を聞いた。

「六〇平方メートルの畑を自分で耕すんだって」

「何ともロマンチックな話じゃない」

観光名所のオーバーバウム橋。ここでも「野菜の闘い」と呼ばれる疑似戦闘が毎年夏に繰り広げられる

以前の僕なら、彼とまったくリンクできなかった言葉だ。しかし、今ではしっくりする。僕の理論が裏付けられたようだ。

「ああ、そうそう。奥さんとも別れたのよ」

「なんだって?」

「そうなの」

彼女の説明によると、彼はこれから仕事で本格的な再スタートを切りたいと思い、彼女と別れた。「キミはそれに適した女性じゃない」と言ったという。

「なんてこった!」

そんな離婚の理由があったのだ。あの男は、職場での態度をプライベートにも応用したのだ。どうやら、僕の理論はこじつけにすぎなかったようだ。こんな理由で妻と別れる人間の悲劇は、明らかに良心というものをもたずにこの世に生まれてきたことにある。たとえば、パトリック・ジュースキント(5)の小説『香水　ある人殺しの物語』の主人公であるジャン＝バティスト・グルヌイユのように。ここには、何か似たものがある。

(5)　(Patrik Süsskind) ドイツの小説家、劇作家、脚本家。『コントラバス』(池田信雄、山本直幸訳、同学社、一九八八年)、『香水　ある人殺しの物語』(池内紀訳、文藝春秋、一九八八年)などが邦訳出版されている。

ただし、グルヌイユの最期を見ると、アレックスの未来は必ずしもバラ色とは言えない。彼がその農場を買った理由も、もしかしたらフランスの山岳地域の天辺にある洞穴の中に引き籠もったグルヌイユと同じで、社会から隔離された生活のなかで自分を見いだそうとしたのかもしれない。

グルヌイユにとっては自分自身を見つけた甲斐がなかったし、彼自身もいずれそのことに気づく。このようなシナリオは、アレックスにもぴったりとマッチする。ひょっとしたら、農場を買うというアイデアは、やっぱりあまりすすめられるものではなかったのかもしれない。

それより、彼は家に留まり、会社に留まっているべきだった。彼には、自分一人にならなくてもすむように、注意をそらしてくれる何かが必要だ。外界では、結局、戦争が支配しているのだから。

パート

2

自己最善化という名前の信仰

ベルリンのランドマーク、オーバーバウム橋からシュプレー川を望む

1 避妊の傾向

今年の初め、アルトゥルとマックスと三人で会った。シングル歴がかなり長いこの二人は、ベルリンのナイトライフに多くの時間を費やしている。僕が「ゴールドフィッシュバー」に入ると、アルトゥルが温かく「お帰り！」と言った。

僕は二年前に彼女ができ、シングルライフに別れを告げたわけだが、つい最近、その彼女と別れたところだった。アルトゥルは、僕が二年間ワープしていたかのごとく、すぐにシングルライフを再開すると思っていたようだ。いわば、彼らの生活を。そして、僕もまたそう思っていたのかもしれない。この日、僕はノスタルジックな気持ちに浸りながら夜を迎えようとしていたのだから。かつてのシングル時代を思い出させる話に花を咲かせ、またあのころのような夜を迎えるのだろう、と。

何と言えばいいのだろうか。この世界は何も変わっていなかったが、だからといって、あ

ゴールドフィッシュバー

のころのような夜にはならなかった。何かが違っていた。たぶん、僕の視点が変わったのだろう。**彼らの世界を見つめる僕の視野が、スライドしてしまったような感じがした。**

最初の一杯を注文したあとにマックスが、週末の深夜二時頃にあるクラブで知り合ったレナの話をはじめた。

彼女は、今から一緒にクラブを出ようと、しきりに彼を誘ったという。彼女はシェアハウス、彼は一人住まいである。ワン・ナイト・スタンド（一夜かぎりの関係）に必要な知識は、お互いにすべて明らかになっていたわけだ。つまり、彼女が彼のところへ行くということも。

ところが、このあと、マックスはレナのことをもっと深く知ることになった。本当は、全然知りたくもなかったことを。ただ、知ってしまったことによって、あまりにも明瞭すぎる全体像が浮かび上がってきた。

「ねえねえ」と、恍惚とした目で彼女が言う。「今、すごく素敵な体験をしたわ」

「ふうん、どうしたの？」

「さっき、トイレですっごくいいセックスをしてきたの」

「すっごくいい？」と、彼は少し驚いて尋ねた。

トイレには、さっき行ってきたところだ。そのとき店の女性従業員が、「酔っ払い客が男性用トイレにまき散らした嘔吐物の掃除で大変だ、今晩はこれで二回目だ」とわめき散らしていた。

「私たちがいたのは女性用だったから」と、彼の視線に気づいたレナが言う。「そっちのほうがきれいなのよ」

レナはいろいろと経験を重ねているようだが、そのことは必ずしもこの瞬間にはメリットにならなかった。それに彼女は、これから寝ようと誘っている相手にこんなことを言うと差しさわりがあるということも理解していないようだ。

「でも、キミたち、コンドームを使ったんだろ?」

マックスがこのように尋ねたのは、何か言わないといけないと思ったからだ。するとレナは、訳が分からないという顔でマックスを見たという。まったくもって、ピンと来ていないようである。

「お前、その子に手出さなかっただろうな」と、ゴールドフィッシュバーでアルトゥルが言った。「頼むぜ」

「それがさ……」と言いながら、マックスがアルトゥルのほうに体を向けた。

「その後、俺んちに行ったんだ。でも、寝なかったよ。つまり、ちゃんとはね。つまり、ちょっとだけ。コンドームもなかったし」

「おいおい！」と、思わず僕も声を上げた。

「だって、女ってコンドームをあんまり使いたがらないだろ」

「確かに」と相槌を打ったアルトゥルが次のように言った。

「避妊をしたがらないのはたいてい男のほうだって言うだろ。男が悪いって。でも、俺がベッドから立ち上がって、隣の部屋からコンドームを持ってくるのをおかしな顔で見ている女がこれまでに何人もいたよ。あの最中に、ずっと外そうとしてた子もいた。**そんなの何の役にも立たないって。だったら、ニンジンを押し込んだって同じだって**」

（おお！）と僕は思った。そういうイメージなんだね、ありがとう。

「避妊しないのはもちろんヤバいよ」とマックスが言う。「でも正直、それってシャワーを浴びる前にソックスを履くようなもんじゃない？」

「言えている」とアルトゥルが笑う。「それに、そのときにはもうどうでもよくなっている。そんなことなんか全然考えないもんな。どっかに追いやっちまうよな」

（まあね）と、僕は思った。身に覚えのあることだし、僕にかぎらず誰だってあるだろう。

もうなんだって、どうでもよくなるセックス直前のあの瞬間は、「衝動」とか「欲情」とかというものだろう。作家のミラン・クンデラ(1)なら、もっと優雅に「恍惚の瞬間」とでも表現するのかもしれない。

『緩やかさ』(2)という小説では、「過去と未来から切り離された時間の断片」と、何とも言いえぬ描写がされていたあの瞬間のことである。誰かとこれからベッドをともにしようとする寸前は、「時間の外側にいるのも同然だ。その先、どうなるかなどという不安はない。なぜなら、不安の源は未来にあり、その未来から解放されているわけだから、何も恐れるものがないのだ」。確かに、これに勝る表現はほかにないだろう。

でも、いつしかこの陶酔状態も醒め、別の瞬間が訪れる。

たとえば、パーティで長い夜を過ごしたあと、まったく当たり前のように避妊をせずにベッドをともにしたこの女性は、ほかの誰とこんなふうに生セックスをしたのだろうかと考える瞬間である。本当はまったく知りたくないことだ。そんなことは無視し、フェードアウトさせる。そして、味気ない気持ちがだんだん消えていくのをただ待つ。

問題となるのは、その影響がどんなところに現れるかだ。知人のアンドレアスから、彼の部屋で終わりを迎えたデートの話を聞いたことがある。

「ズザンネっていう娘《こ》だったんだ。何か特別な娘だったよ」

寝室でキスをしているとき、一瞬、自分が落ちていくような気がした。二人はまるで初体験のティーンエイジャーのように、服をお互いに脱がせてキスをした。とてもいい雰囲気だった。そんななか、彼女がやさしく尋ねた。

「コンドームはある？」

「そんなのなくてもいいじゃない」と彼はささやいた。「気をつけるからさ」

「何に⁉」と、彼女は声を荒げた。「私がエイズにならないように？」

巨大ハンマーでガツンと殴られたような気がした。ロマンチックな雰囲気は吹っ飛んだ。彼女が口を閉じ、気まずい沈黙が流れたとき、どのように言えば、また彼女をロマンチックな雰囲気のなかに引き戻せるかと彼は考えをめぐらせた。でも、思いついたことは、コンドームは避妊のためであり、病気を恐れているからではないということだけだった。

（１）（Milan Kundera, 1929〜）チェコスロバキア生まれのフランスの作家。『存在の耐えられない軽さ』（千野栄一訳、集英社、一九八九年）、『無意味の祝祭』（西永訳、河出書房新社、二〇一五年）などが邦訳出版されている。

（２）西永良成訳、集英社、一九九五年。

「思うに、病気ってあんまり意識されてないんじゃないかな。こういう場合は、俺もまず妊娠のことを考えるよ」と、マックスがみんなに向かって言った。

「そうだな」と、僕も同意した。「そうでなきゃ、ピルを使う人があんなにいるわけがない」

「酔っぱらった挙句ってやつか」と言ったのはアルトゥルだ。「聞こえもあんまりよくないよな」

このコラムを書くにあたり、僕は現代における避妊についての調査結果をいくつか読んだ。それによると、心配はまったく無用である。アンケートの回答を信用するなら、誰もが避妊をしていることになるのだ。

本当にそうなのだろうか。正直に言うなら、調査とはオフィシャルなバリエーションでしかない。所詮、インタビューされる側は、このように答えて欲しいのだろう

夕暮れのシュプレー河畔。カップルや友人が鈴なりになって時間を分かち合う

と考えながら回答をしているものだ。つまり、社会が望んでいる、基準的な行動に従うということだ。そして、これが現実をゆがめることになる。実際とは、少し様子が変わってくる。生《なま》の性交渉は当たり前のことだ。誰もきっぱりと認めたがらなくても、それはまったくもって普通のことなのだ。

それならば、セックスのときにフェードアウト（徐々に消える）させたがる「その先」について調べれば、もっと現実的な結果が出るかもしれないと気づいた。たとえば、ベルリンにおける性病の推移について。これを見ると、現実がかなり近づいてくる。

ロベルト・コッホ研究所(3)が、数年前、ベルリンで梅毒が憂慮すべきほど増加していると発表した。また、ベルリンに住むシングル女性の集団検診においては、不妊につながる性病であるクラミジア陽性が二割に達しているとも。ただし、この病気は専用の検査が必要で、その検査を受けなければ見つけることができないため、発見しにくいという。言い換えると、ほとんどの女性は自分がその病気であることをまったく知らないということだ。そして、自分がその病気を拡散させていることも。

（3）　保健省の管轄下に置かれた感染症や非感染性疾患を扱う研究所で、ベルリンとヴェルニゲローデにある。

こう考えると、僕たちは感染病に関する意識をもっと高める必要があるのではないだろうか。そして、僕たちの軽率さに関する意識も。

僕は、まだ一度も検査を受けたことのない男を知っている。彼は、これからも検査を受けるつもりはないという。相手のほうが検査を受けてくれれば、それでいいと思っている。「そうすれば、自分も何もないってことが分かるだろ」と彼は言っていた。これは、おそらく、もっともシビアなバリエーションと言えるだろう。

あるとき僕は、よき友であるパトリックに、「今、こういうコラムを書いているところなんだ」と話した。すると彼は、数年前に付き合っていた女性の話をしてくれた。

彼女は女医だった。まだベッドをともにしたことはなかったが、ようやくそのロマンチックな夜がやって来た。彼女はキャンドルに火をともし、バスタブにお湯を溜めていた。パトリックは湯気の立つバスタブに身を沈め、期待に満ちた目で彼女を見つめた。今にも服を脱ぎ、彼女もバスタブに入って来るにちがいない。ところが、思いもよらないことが起こった。

「彼女、手に注射器を持ってたんだ」

「なんだって？」

「そうなんだよ。俺に注射針を刺して、血を抜いたんだ」

「検査をしないで、あなたと寝ることはできないわ」と、彼女は笑みを浮かべながら言った。「熱いお風呂の中だと、静脈がはっきり浮き出るのよ」

「結果が出たのは一週間後だった。何ともなかった。あの情事はたった二か月で終わったよ。今では彼女、俺のかかりつけの医者になっている」

「そうなんだ。じゃあ、よかったじゃないか」と僕は言い、少し間を置いてから尋ねた。「で、その一週間はどうだった？」

「あんまりよくなかったね」

この「あんまりよくない」も、多くの人が検査を受けたがらない理由の一つである。結果が出るまでの七日間、「その先」について真剣に考えることになるからだ。頭の中でいろいろな想像がはじまるとき、「もしそうだったら、どうする？」と自問するとき。

最後の彼女と付き合い出す前（というか、正しくは、すでに避妊をせずにベッドをともにしていたが）、僕はいろんな検査を受けていた。結果が出るまでには一週間ほど待たなければならなかったが、僕の人生のなかではとりわけ長く感じられた一週間だった。でも僕には、これまでの生活において、この時間に耐えなければならないことをしてきたという事実があった。

たとえば、エイズだったら僕の人生はどんなふうに変わるのだろうかと、真剣に考えた。でも、それは僕自身のことではない。エイズであれば、当時の彼女も巻き込んでいたことになる。僕はきっと、彼女の人生に影のようにのしかかり、すべてを変えてしまったことだろう。そう思うと、ひどく落ち込んだ。

それから一週間後、僕はドキドキしながら女医の前に座った。彼女が静かに検査結果の用紙をめくっている間、心の中で、「ほら、早く言ってよ！　エイズなの？　どうなの？」と叫んでいた。検査結果の最後のページに来たとき、彼女はそれを二言三言であっさりと片づけた。

「もちろん、違いますよ」

こうして彼女は、僕の人生において最悪の部類に入る一週間を終わらせてくれた。ラボ検査には三〇〇ユーロ（約三万七〇〇〇円）を支払ったが、それは僕の軽率さに対して当然支払うべき罰金のような感じがした。

思い返せば、これが僕の視点を変えた瞬間であった。シングル時代のある一部を、別の視点から眺めさせることになった瞬間。それが僕を治してくれた。見境のなさや無責任、軽率さを治してくれた瞬間だった。できたてほやほやの、在ベルリン・シングルにはうってつけのスタート環境である。

アルトゥルとマックスは、「ゴールドフィッシュバー」のあと「グラント（Grand）」、「トラスト（Trust）」、そしてさらには「キングサイズ（King Size）」などといったバーをはしごしようとした。一方、僕は帰りたかった。二人に付き合っていたら、次の日が「失われた一日」になってしまうだろうし、何となく、翌日を二日酔いのままソファで過ごす気にならなかったのだ。

「じゃあ、ゆっくりな」と、マックスがグリューンベルガー通りでタクシーを呼びながら叫んだ。アパートの前で降ろしてもらった僕は、しばらく道路にたたずみ、次の交差点でほかの車のテールランプに紛れてタクシーが見えなくなるまで二人を見送った。

（お帰り）と、僕は思った。

ベルリンのシングルライフへ。

2 世界をよくしていくことを忘れるな

最近、ある友人から彼女との間で起こったケンカの話を聞いた。このケンカ、体力を消耗する長い長いものだった。二時間ほど争ったあとも、まだ尾を引いていた。

彼は疲れているように見えた。僕はまず、彼にひたすら話をさせた。明らかに彼が、話を聞いてくれる人を必要としていたからだ。でも、一時間近く経ったころ、気になって仕方のない疑問を口にしたくて、僕は話の腰を折った。

「そもそもの原因はなんだったの？」

一瞬驚いたように、彼が僕を見つめた。彼にとっては思いもよらない質問だったようだ。少し考えてから、しぶしぶこう言った。

「そんなこと、もう覚えてなんかいるもんか。何かささいなことだったよ」

何かささいなこと、もちろん、そうだろう。

僕にも覚えがあるし、誰にでもあることだ。誰かと付き合っていれば、争い事などままあるものだ。きっかけはつまらないことだったのに、そのうちひどく感情的になって、挙句の果てには、そもそもこの人となぜ一緒にいるのだろうかとまで思ってしまうような争い事。どうしてこうなってしまったのか、いつの間にか分からなくなってしまう類いのケンカである。

　そんなときは、客観的な立場にいる第三者の眼でこのケンカを見るという想像をしてみるのもよさそうだ。はっとするような洞察が待っていることもあるだろう。なぜなら、交戦中という興奮のなかでは、プライドを傷つけられたことが問題となっているのか、それともおかしなプライドがあるのか、それを見極めることが難しいからだ。そしてもちろん、ここでは何よりも、自分が正しいと信じたいのだから。

　でも、もしかしたら、そんなケンカの最中でも、愛する人を相手に、果たしてそんな行動をとれるのかどうかということを考えてみるべきかもしれない。

　数年前、当時付き合っていた彼女と二時間に及ぶケンカになったことがある。その原因については、ケンカがはじまって一〇分も経たないうちにすっかり忘れていた。

　ケンカの最中、僕は数日前に会った知人のことを思い出していた。彼はちょうど彼女と別れたばかりで、世界がガラガラと音を立てて崩れ落ちたところだった。別れた理由は、単純に二人の関係が機能しなくなったからだ。彼にとっては、二人の間にできた二歳になったばかりの娘がすべてだった。パートナーの彼女は深く傷ついていた。自分の人生をボロボロにしたと言って、彼を責め立てた。

先日、彼は家を出て、今は彼女が住むアパートと自分が住むアパートの賃貸料を払っている。僕と会ったときの彼は、唇の両端に悲壮な引きつりを浮かべていたばかりか、ひどく痩せ細ってもいた。

彼女に怒鳴られている間、これらすべてが僕の脳裏に蘇り、僕たちはここでいったい何をやっているのだろうと思った。知人は問題を抱えていた。本当の問題を。それに引き換え、僕たちがここでやっていることは、ほんの作業療法のようなものでしかなかった。

今では、こんな諍いになったとき、本当に問題を抱えている人も決して少なくないということを思い出すようにしている。これは、僕にとっては効果の高いよい方法である。本当に問題を抱えている人は、物事を別の視点から見ているものだ。だから、こんなことは、サッサと払いのけてしまうことだろう。

これについて、一歩先に進めば、もっとグローバルに見ることができる。第三世界に住む人々に目を向けると、彼らが抱えている問題は、戦争や貧困、飢餓など、死活問題にかかわるものであるということがよく分かる。

そんなふうに考えると、もめ事の多くは中身のないものに思えてくる。僕たちが抱えている問題のほとんどが、実はお笑いネタで、取るに足らないものだということがよく分かるはずだ。そしてこれは、カップルのケンカだけには留まらず、一般的な付き合いにおいても同じである。

僕たちを悩ましている問題は、言うまでもなく、たいていの場合が本当の問題ではない。それは、ある程度の生活水準に慣れたときに現れる問題なのだ。何もないところに分不相応な意味をもたせている、第一世界の問題なのだ。

そう、贅沢な問題。

数か月前、知り合い宅での夕食に招待された。彼らはカール・マックス・アレー（Karl Max Allee）にある、社会主義的なプレスティージ（威信や名声）に満ちた、一九五〇年代に建てられた建物に住んでいた。「労働者を宮殿へ」というのが、当時における建築の中心思想であった。

入居者は、建築に携わった人々のなかから抽選で決められた。今ではほとんどが分譲住宅となっており、ライン地方の人々が投資目的に利用している。この夕べにはぴったりのイメージというところだが、そのときはもちろん、そんなことは思いもしなかった。

アパートには、四〇平方メートルはあると思われるテラスがついていた。僕たちは、そこに置かれた長いテーブルにセットされている椅子に座って街を見下ろした。白状しよう。この景色を眺めているだけで、何となく優遇されている身分であるかのような感じがした。言ってみれば、それは然るべき舞台セットであった。そして、その後の展開もまたそれにふさわしいものとなった。

テーブルでの話は、とても興味深かった。つまり、話しているテーマと、みんなが関心をもっている事柄が。しかし、それは少し興ざめするものでもあった。

僕たちが営む生活は、アパートや年俸、そして最

旧東ドイツ時代の典型的な集合住宅「プラッテンバウ」が建ち並ぶ国連広場

近のマイリー・サイラス[1]を見ていて恥ずかしいということや、イケアで買ったようには見えない家具を中心に回っていた。僕たちが関心をもっているのは、著名人の成功した、あるいは失敗した整形手術や『Wetten dass...?（賭けてみよう）』[2]というテレビ番組の下がり続けている視聴率だった。そして、僕たちの話題は、まだ流行遅れになっていない休暇先はどこなのか、今放映されている『DSDS』[3]の審査員になって、面目をつぶした人は誰かということだった。

これが、僕たちの頭を埋めている事柄であり、僕たちの問題なのだ。

それはまあ、それでいい。僕たちは優遇されているのだから。こんな事柄に思いをめぐらすことができるほど優遇されているのだ。でも、こんなことに思いをめぐらせているのは気分転換のためだという人も少なくないだろう。そう思うことがときどきある。この世界の、

（1）（Miley Cyrus）アメリカの歌手、女優。二〇〇〇年代末に大人気を博した。
（2）ドイツ・オーストリア・スイスの三か国共同制作の、視聴者参加型の長寿テレビ番組。自分の得意技を披露して、成功するか失敗するかをゲストに賭けさせ、外れると罰ゲームをしてもらうというもの。
（3）Deutschland sucht den Superstar の略名。イギリスの「ポップ・アイドル」の模倣で、新しいシンガーを開発するキャスティングショー。

どんどん制御不可能になっていく問題から目をそらせるために。そして、自分自身や絶対に認めたくない人生のむなしさからも。

静寂に耐え切れず、自分の人生のつまらなさに気づくことを恐れているから、自分自身と向き合おうとしない。

本当の飢餓とか、本当の貧困や戦争が、今ではすっかり抽象的なものになってしまったことは否めない。マスコミが流す画像や映像に心を揺さぶられることもあるが、ほかのチャンネルに替えたり、新聞を脇に置いた途端、そのような気持ちはすぐに消え去ってしまう。それらは、毎日さらされている情報洪水のなかのほんの一つにすぎない。どこか遠方の地で起こっている出来事なのだ。

僕もまったく同じである。

戦争を経験したこともなく、ひもじい思いをしたこともなく、死ぬか生きるかという思いをしたこともない。ヘミングウェイ（Ernest Miller Hemingway,1899~1961）は、死ぬ思いを体験したことのある人だけがいい作家になれる、と言っている。臨死体験、もちろん誰にもして欲しくないことだが、そのような出来事を体験すれば、もっと別の眼で、もっと意識して、自分の人生を眺めるようになるのではないだろうか。そして、人生の意味を推し量るようになるのではないだろうか。

今年の初め、ある重病を克服した男性と話をする機会があった。彼は白血病だった。このときの対話では、不思議なことに病気のことがまったく話題に上らなかった。彼が人生を語る様子や、人生を味わっている様子が僕の注意を引いた。人生をとても楽しんでいるという感じがしたのだ。

「人生をまた大事にしはじめるのさ」と、彼は言った。

今では、彼女とケンカになったときに彼の顔を思い浮かべ、それに助けられることが多くなった。

僕たちがやっきになっていることはやはり贅沢な問題なのだとみんなが意識すれば、相手に対する態度が変わるのではないかとときどき思う。他愛のないことにばかり気を取られていて、自分が世界の中でもかなり恵まれた境遇にいる少数派であるということを忘れている。この事実をもっとしっかり心に留めることができたら、社会はどんなふうに変わるのだろうか。

でも、残念なことに、そうならないのが現実だ。

3 僕と僕のお面

日曜日、僕はベルリン・ミッテ区にあるカフェ「ブラウエス・バント（Blaues Band）」に座り、友だちのアンネを待っていた。彼女とは、時々ここで会っておしゃべりをしている。〈ベルリナー・ツァイトゥング（Berliner Zeitung）〉(1)に付いてくるマガジンをパラパラとめくり、何が書いてあるのか理解できないまま、ある一節をすでに四回も読み直していた。そこに集中しようとしたが、できなかったのにはそれなりの理由がいくつかあった。

正確に言うと、その理由は二人の人間だった。隣のテーブルに座ったその二人は三〇代半ば。でも、自分では一〇歳ほど若く感じているようで、親称で呼ばれることを重視しているように感じられた。

二人は「カタリーナ」と「アンネ＝カトリン」といい、エレガントな身なりをし、ひと際はっきりした標準ドイツ語を話していた。二人の声はむやみに大きく、とくに笑い声が大きすぎた。キャラキャラと耳障りな笑いで、何か場違いな響きを発していたが、二人はお構いなしだった。お互いに、今の生活にどれほど満足しているのかについて相手に分からせようとしていた。まるで、不自然でキザな演技しかできない大根役者が自分自身を演じているかのようだった。

この二人が誰かに似ていると、僕はふと思った。ほぼ正確に二年前、ある夜を一緒に過ごしたマリアだ。不幸なことに、その夜はデートをしていた。マリアはいろんなことをすごく熱心に話したが、僕はその熱っぽさを何となく信じることができなかった。それは空っぽの情熱で、そこから生命感を感じることができなかったのだ。

（彼女は演技している）と僕は思った。そして、彼女のほうは、それに気づいてすらいないという感じだった。

マリアのような人と出会ったとき、僕はいつもその人の外側を覆っているファサードにひび割れがないかと探してしまう。ちらりと横目で見る仕草や、ちょっとした手の動き、あるいはファサードを引き裂いたり、ほんの一瞬、お面の背後にある人間性を垣間見せるようなジェスチャーなどを。

（１）ドイツの日刊紙。第二次世界大戦後、初めて発行された日刊紙。

でも、このときはまったく何も見つけられなかった。彼女のお面は、何と言えばいいのか、独り歩きをしているような感じだった。本来の個性にファサードがすっかり織り込まれてしまって、本当の彼女と区別がつかなくなっているのだ。そう、マリアのアイデンティティにお面が覆いかぶさっていたのだ。

このことが僕を不安にさせた。

ほとんどの人が、周囲によいイメージを振りまくためにお面をかぶり、その後ろに本当の自分を隠している。社会学者のアーヴィング・ゴッフマン[2]は、このような人間の行動全体を演技だと見なしている。これは、自分をなるべくよい人間として売り込みつつ、いろいろな役割を演じているという演劇なのだ、と。そして、ここが問題となる。この「売り込む」という言葉が。

僕たちは、自分を売り込み、演出し、市場へと出さなければならない。魅力的で、ダイナミックで、楽観的でなければならない。いわば僕たちは、自分自身がブランドなのだ。うわべを装う必要があるのだ。

ある役を演じるときに大切なことは、自分自身ではなく、演じたいと思っているイメージだ。永遠に続く面接試験のようなものだ。

プレッシャーが減ることはない。今の社会は、資本をベースにした価値観や広告、そしてマスコミについて、また成功や魅力や人気について定義するように僕たちを強制している。僕たちは、それをうまくこなさなければならない。弱みを見せるのは落伍者のみで、そんな落伍者とは、誰一人としてかかわろうとしない。

こんな尺度に多くの人が従っている。実際の人格がまったく消え去ってしまうまで。カタリーナとアンネ＝カトリン、そしてマリアのように。彼女たちは、ほとんど最終段階に達している。今の社会が求めている自己演出をしているうちに、自分自身の感情を失ってしまったのだ。

ブラウエス・バントにいた僕は、約束していた彼女がドアを開けて入って来るのを見てほっとした。僕を探して、彼女はキョロキョロとしていた。

「アンネ」と、僕はテーブルに近づいてくる彼女に感謝しながら言った。立ち上がってハグをしようとしたとき、彼女は隣のテーブルをいぶかしげに横目で見た。同意するように僕はうなずいた。腰を下ろして話をしようとしたが、僕たちの会話はどことなく淀みがちだった。

（2）（Erving Goffman, 1922〜1982）アメリカの社会学者。邦訳書として『儀礼としての相互行為――対面行動の社会学』（浅野敏夫訳、法政大学出版局、一九八六年）がある。

カタリーナの笑い声で中断ばかりとなったからだ。

　そのうち、アンネが怒りを爆発させて言った。

「なんて目立ちたがり屋なの！　なに、この人。信じられない。一生自分っていう人間の本性を知らずにいるタイプね」

　そして、こう続けた。

「西側の人だからよ。東ドイツ人はもっと自然体だわ」

「まあまあ」と、僕は手で遮るようにして言った。また、東西の叩き合いになると思ったからだ。

「ううん、そうなのよ」と、彼女はきっぱり言う。「東ドイツ人は、社会化の仕方が全然違うのよ」

「分かったよ」

「ラムシュタイン[3]のフレークが、インタビューでうまいことを言ってたよ。東側では、本当に一旗揚げることはできなかった。お金をたくさん稼いでも、何も買うことができなかったから、何の意味もなかった。そこでは、誰も他人を蹴落とす必要がなかったし、何かと自己演出する必要もなかった。どっちにしても、意味がなかったから。うわべを装う必要がなかった。今とは目標が違っていた。よい生活をしようと思ったら、ほかの人と仲良くし、一緒にいて楽しい友だちを増やし、きちんと機能する家庭を築かなければならなかった。これが幸せというものだった、って」

もちろん、十把一絡げにするわけにはいかない。たとえば、マリアはロストックの近くで育っているのだが、アンネにも正しい点が一つだけある。**人は誰しも、自分が育ち、その影響を強く受けてきた社会の産物なのだ。**

まさに、このテンポの早い気ぜわしい現代において、社会状況をもっとも的確に表現するものは何だろうかと、ときどき考えることがある。そして、そ

（3）メンバー全員が東ドイツ出身者のロックバンド。

ベルリンの中央にあるチェックポイント・チャーリー（東西分断期の検問所）。統一後もまだ見えない壁があるようだ

れは、僕たちの後を継ぐ世代を見るだけで分かるのではないかと思ったりもする。彼らは鏡なのだ。彼らの様子を見れば、僕たちが生活しているこの社会に足りないものがはっきりと見えてくる。なぜなら、彼らはこの旅の行く末を見せてくれているからだ。何しろ彼らは、未来の大人なのだから。

この世代はソーシャルネットワークとともに育ってきた世代だから、フェイスブックやインスタグラムを見てみると、その旅がどんなものかが大体分かる。ソーシャルネットワークは、もっとも徹底した自己演出ツールだ。少し上の世代になると、フェイスブックやインスタグラムとは少し距離感ができてしまう。でも、インターネットとともに育ってきた人間にはその距離感がない。彼らにとって、それは生活の一部であり、現実社会における重要な一部なのだ。

最近、友人の息子で一五歳になるユリアンと話す機会があった。三〇分前にフェイスブックに載せた写真を、どうしても消さなくてはならないと言う。そして、その理由について、「三〇分で『いいね』が七つしかつかなかったんだ!」と、激怒しながら説明していた。

「恥ずかしいったらありゃしない。みんな、くたばってんのかよ?」

普段なら、彼が投稿したものには「いいね」が八〇から二〇〇個はつくという。そんな数を示せる人にとっては、七つという「いいね」は言語道断、いや、それはエゴに対する攻撃であるとも言える。

多くのティーンエイジャーが今どのようにして自己確認を行っているのか、僕にもだんだん分かってきた。彼らのサクセス体験とは何か、ということが。

彼らは、「いいね」依存世代なのだ。

もちろんユリアンは、自分が投稿したものが誰からも注目されないことに嫌悪感をもっているし、どのような写真がウケるのかについても知っていると言う。

「そうだよな」と、僕はぼんやりと言った。

僕は不安だった。ユリアンは、社会の注目度に合わせて自らの投稿基準をチューニングしていたのだ。ほかの人の眼を通して、自分の人生を眺めていたとも言える。一番大切なことは、自分がどんなふうに周りに映っているかということだ。彼は、自分自身を市場に売りに出していた。もう、すでに。

プレゼンテーションしているのは、日常のなかで「これだ！」と思う部分のみである。正確に言うと、彼は二人目の自分をつくったことになる。彼自身の誇張バージョンというお面。そう、ユリアンは自分の役をつくり上げたのだ。社会の基準に適応した。今、もうすでに。

最近は、時にむかっとするほど気取った振る舞いをするティーンエイジャーがやたら目につくようになった。話し声、とりわけ笑い声が大きすぎる。アメリカでつくられたテレビドラマのドイツ語吹き替え版と、ドイツのラッパーを混ぜたような話し方をしている。どうやら、自然さを失ってしまったようだ。

マリアと同じく、そんな彼らに対して僕は、ファサードに入ったひび割れを探そうとしてしまう。ファサードの中はどんなふうだろうか、と考えてしまう。そんな振る舞いをする人間の精神状態はどうなっているのだろうか。そして、これに対するかなり悲痛な答えもまたネット上で見つけることができる。

多くのティーンエイジャーがフェイスブックに背を向けはじめたのは、もうずいぶん前のことである。そこはもう、彼らだけの場所ではなくなった。今では親や祖父母の世代も使うようになってしまったので、見張られているような感じがするのだろう。そうして、彼らはブログ・プラットフォーム「タンブラー（Tumblr）」へと逃れた。

ここでは、匿名で投稿することができる。ここが肝心なところだ。彼らは「匿名」という自由のなかに引きこもったのだ。そこでは、伝えたいことを伝えることができる。この匿名性は、本当の内面を見せられるチャンスとなった。そしてまた、ファサードの裏側を覗き見るチャンスでもあった。

タンブラーは、今や青少年の強力な代弁者と見なされており、ここでは「いいね」の代わりに「スキ」をクリックする。「自己損失」という名前のタンブラー利用者が、次のような投稿をしていた。

「学校ではパーフェクトでいなくちゃいけない。うちでもパーフェクトでいなくちゃいけない。公共の場でもパーフェクトでいなくちゃいけない。いったい、いつ自分になれるんだ?」

この投稿に、六〇〇〇個以上のコメントがついた。六〇〇〇個も！

タンブラーで「鬱」を検索すると、ウィンドーが一つ開く。そこには、次のように書かれている。

「摂食障害に苦しんでいる人や自分を傷つける人、自殺願望をもっている人を知っていたら、あるいは自分自身がそうであるなら、私たちのサイト『相談と予防』をご覧ください。みなさんの助けになる機関の一覧を掲載しています」

これはやはり一つのサインと言えるだろう。このポータルサイトは、明らかにある変遷へのリアクションなのだ。この変遷については、現在、統計が取られている。入院しなければならないほど重症な鬱を患っているティーンエイジャーの数は、過去一二年間で七倍に増加した。表に出てこない数字については、考えるのも恐ろしい。

これから、カタリーナやアンネ＝カトリンやマリアのような人間がもっと増えてくるのではないだろうか。彼女たちは、いくらか時代を先取りしているようでもある。

道はならされている。インフラは最適なのだ。**心の苦しみは、外から見ても分からないように用心深く隠されている。役づくりをし、お面をかぶる。自分自身の感情をいつの間にか失ってしまうまで。**

そういうことだ。

4　友人のなかで独り

土曜日、不安を呼び起こす出来事に遭遇した。僕は、古い建物の広いダイニングルームにいた。友人と過ごす気軽な夕べ、少なくともこう言われて招待された。時刻は八時ちょっと過ぎ。長いテーブルに座り、友人たちの顔を眺めた。テーブルにいるこの人たちをどうしても「友人」と呼びたいのであれば、そう呼ぼう。でも、この部屋には、ホスト以外に知っている人は誰もいなかった。

一人ずつ自己紹介をしようと、食事中にホストが提案した。「名前と職業を言え」と言う。これが僕の不安を呼び起こした。

「時計回りね」と、彼が大声で言った。そして、不安げに頭を動かしている隣の女性を指して、「キミからだよ」と命じた。

これがよい提案なのかどうか、僕には確信がなかったし、ほかの人の顔にもある種の懐疑感が浮かんでいた。ひょっとしたら、彼らも僕と同じことを考えていたのかもしれない。

誰かと知り合うときは、先入観にとらわれないまま、一人の人間として知り合いたい。その人が活躍中の弁護士だとか、期待の新人俳優だとか、あるいは「俺はプレンツルベルク(1)に住んでいるメディア関係者なんだ」というオーラを発している奴だとかではなく。

でも、そんな異議を唱える暇を与えることなく、すでにホストは立ち上がっていた。かなり勢いに乗っていた。何かテレビの司会者のような雰囲気だ。手に、小さなメモカードを持っていないだけである。

自己紹介がはじまると、小学校にいるような、あるいはアルコール中毒者の匿名の集まりに来ているような感じが少しした。ホストはさらに司会者になりきり、三人目の自己紹介が終わるともはや我慢できず、残りのゲストについては自分で紹介をしはじめた。そのときは、彼の手に小さなメモカードがあったような気がしたが、僕の勘違いかもしれない。

僕は人気作家だと紹介された。もちろん、これに悪い気はしなかった。作家と紹介されたあとで嫌な思いをしたことはこれまでにない。全員の紹介が終わると、ホストは満足そうにみんなの顔をぐるりと見わたした。たぶんこれで、全員が本当に友だちらしくなったと思ったことだろう。でも、僕には疑問が残った。もちろん、友人関係というのは定義の問題だと言える。そう思えば、友人も僕も間違っていない。

このとき、知り合いのジェシカのことが頭に浮かんだ。たぶん、僕より彼女のほうがこのテーブルにしっくりと馴染みそうだからだ。彼女ならきっと、ホストの満足げな眼差しにも相槌を打ったにちがいない。何しろ、彼女は友人と知人の違いが分からないのだから。

彼女には友人しかいない。彼女の話のなかに出てくる人はみんな「とてもいい友だち」なのだが、ひょっとしたらそれは、彼女が人と接するとき、登場人物全員がとてもよく分かり合っているアメリカのコメディドラマの誰かのように振る舞うからかもしれない。足りないのは、あのラフトラック(2)だけだ。

(1) パンコフ区プレンツラウアー・ベルク地区の別称。古い建物が多く残されている富裕層に人気の地区。
(2) バラエティ番組やコメディ番組で流れる笑い声。

プレンツラウアー・ベルク地区のカスタニエンアレー。洒落たカフェやレストランが並ぶ

もしかしたら、ジェシカはこんなふうに生きていくのがもっともいい人生なのだと思っているのかもしれない。彼女が好きなテレビドラマでは、それがとてもうまく機能しているようだし。いわば彼女は、アメリカの娯楽映画のロジックで人生を眺めていた。ひょっとしたら、「友人」と呼ぶ人が、自分を傷つけることはないと思っているのかもしれないし、話しているときの彼女を細かく観察していると、彼女の頭の中にはラフトラックが流れているのではないかと思うことすらある。何となく、そういう眼をしているのだ。

でも、もしかしたら、僕が単にこのことに対してセンシブルすぎるだけなのかもしれない。僕は、「友人」という言葉をかなり慎重に使うから。

友人が何人いるか？　これは、もちろんいい質問である。こう尋ねられると、僕はいつもちょっとばかり戸惑う。知っている人はかなり多いけれど、「友人」と呼べる人はとても少ないからだ。僕を友人に数えている人は少なからずいるが、少なくともその数よりは少ない。まあ、自分の思いどおりにならないことはままあるものだ。

まだケルンに住んでいたころ、マルティンという名前の同僚がいた。僕たちはいい友だちだと、彼は思っていた。残念ながらこの感情は、控えめに言って相互的なものではなかった。マルティンは、定期的に日焼けサロンへ行き、二日おきにフィットネススタジオへ通っていた。同僚と話しながらストレッチをしている彼をときどき見かけたし、会議中にも、よく上腕の二頭筋を不意にピクピクと痙攣させたりした。すでに自分ではコントロールできないほどの腕力になっていることを、それとなく見せつけたかったようだ。

彼が身につけているスーツはとても高価なものだった。だが、その様子は悲劇的だった。なぜなら、マルティンは、まったくと言っていいほどスーツが似合わないタイプだったからだ。スーツを着てもエレガントではなく、ただ老けるだけだった。プチプルっぽく、まるで中古車の販売業者か保険の外勤者のように見えた。ライフスタイルにおける、「歩く失敗作」のようであった。

相手がどんな人かと見極めるとき、僕はときどき、その人の子ども時代はどのようなものだったのだろうかと想像する。たとえば、学校でクラスメートからどんなふうに見られていたか、と。

マルティンに尋ねたことはないが、彼はきっと毎日、クラスメートからポカスカと殴られていたのではないだろうか。彼はアウトサイダーだった。でも、ハイナー・ミュラー（五〇ページを参照）のように、オリジナリティーやエキセントリックで目立っていたというよりは、選択の余地がなかったというだけだろう。事実、マルティンはハイナー・ミュラーではなかった。彼は単に、その仲間に入りたがっていただけだった。

朝、会ったとき、僕たちは普通の人がするような挨拶をしなかった。マルティンは、決まってこんなふうに挨拶をした。

「それでミシャ、あっちのほうはどうだい？」

多くの人がそうであるように、マルティンもある特定の事柄について質問するときは、それについて包括的な論及をしたがった。女性は彼にとって永遠のテーマであり、彼の論述はとても包括的であるが、残念ながら微に入り細を穿《うが》うこともあった。というのも、彼はセックスについて異常なまでにオープンに話をしたからだ。それも、ほかの人がいる前で。とくに、好んで女性の前で。

彼はまた、そんな話から居心地の悪い空気が生まれても、そのことを感じ取るだけの感性をまったくもっていなかった。みんな、マルティンの脱線にどのようなリアクションをすればいいのかと困っていた。居心地の悪い間《ま》を何とかしようと、僕はよく、それをかわすような儀礼的な質問をした。マルティンはありがたそうに、「いいアシストパスだ。俺たち分かり合ってるよな」的な頷きをそのたびごとにした。しかし、それに追い打ちをかけられたことがある。

「マルティンが自分の性的冒険を臆面もなく話すのって、とにかく嫌だわ。それなのに、あなたまでそんな話に応じるんだから」と、仕事仲間の女性に責められたのだ。

「それに彼、あなたがそばにいるときしかそんな話はしないわよ。普通は、彼とも楽しくおしゃべりできるのに」

（しまった！）と、僕は思った。マルティンの行動が僕の身の上に跳ね返ってきてしまったのだ。それは自明の理になっていた。僕たちは、勤め先の広告代理店で、すでに親友と見なされていたのかもしれない。固く結ばれたチームの悲劇バージョン。それはもう、僕にはどうすることもできなくなっていた。

僕たちの「友情」は、大きな誤解の上に成り立っていた。知人のトーマスも似たような経験をしていたが、その理由は別のものである。先日、一緒にある映画のプレミアショーに行ったとき、一番の親友は小学校六年のときからの付き合いだと聞いた。

「六年のときから？」と僕は感心して、頷きながら言った。「その親友もここに来てるの？」

トーマスは不審そうに僕を見た。一番の親友はここにはいなかった。僕が彼と知り合う機会は皆無で、それにはそれなりの理由があった。少なくとも、トーマスに言わせれば。

トーマスは映画の制作会社に勤めている。一方、彼の一番の親友は生まれ育った場所から一歩も出たことがなかった。生まれてから三五年間、半径一〇キロ圏内で過ごしてきた。彼はまったく動かなかったのだ。

飲んで酔いが回ると、トーマスは映画のプレミアショーで、一番の親友が自分の同僚と話をしているシーンをときどき思い浮かべると打ち明けた。同僚は、一番の親友の話に注意深く耳を傾け、一番の親友は頷き、微笑み、時折、「俺たちは仲間だよな」という目でお茶目っぽく俺の視線を探るんだ、と。そして、正確に言うと、二人はそういう間柄だった。**トーマスにしてみると、彼の一番の親友は恥ずかしい存在だった。少なくとも、今現在彼が過ごしている世界では。**

僕はわけが分からず、彼の顔を見ながら、今何かを言うべきなのだろうかと考えた。トーマスが友情をどんなふうに定義づけているのかよく分からなかったが、彼は「一番の親友」を、もはやノスタルジックな理由からそんなふうに呼んでいるだけなのかもしれないと思った。ひょっとしたら、二人の過去からして、それは当然のことだと思っているのかもしれない。

彼のことを思うと、何かこう、故郷に帰ったような気がするのだろう。でもそれは、遠くから距離を置いて見つめたときだけである。彼は、ノスタルジーを映し出すスクリーンなのだ。そこには、それ以上のものはない。彼らの共通項は過去のなかにあり、今やもう、それは過ぎ去ってしまっている。古い写真を眺めながら、それが琴線に触れることを願っているように。でも、そこにはそれ以上のものはない。

とはいえ、そんなことを言うのはちょっと厳しすぎるような気がしたので、口には出さなかった。それに、見る視野によってそれは変わってくるし、僕の知人は、おそらく二人を結んでいるものは本当に深い友情なのだと思っていることだろう。

彼らの友情は一つの誤解だ。ほとんどの友情がそうであるように。

このような誤解についてミラン・クンデラ（六七ページを参照）は、『無知』（集英社、二〇〇一年、西永 良成訳）という小説で、とても的を射た、そして残念なことに、かなり幻滅させてくれる叙述をしている。

僕たちは、友人と同じ体験、同じ思い出で結ばれていると思っている。残念ながら、早くもここから誤解がはじまる。自分の思い出と友人の思い出は同じではないからだ。それぞれが、自分独自の思い出をもっている。それらは似てもいないし、比べることもできない。その場、その場のシチュエーションをよく覚えている人もおれば、あまり覚えていない人もいる。その重要性は人によって異なるということだ。

僕たちの交遊や友情は、最初の出会いのときから悲劇的で、不公平な不均衡の上に成り立っている。そして、恋愛関係も、基本的にはこれとまったく同じことだ。

そう、これは楽観的な考え方ではない。でも、一度はじっくりと考えてみる価値がありそうだ。

こんなふうに考えている僕より、恐ろしく先を行っている知人がいる。最近、彼から、自分の誕生日の招待客リストを何か月も前からつくっているという話を聞いた。何度も推敲し、書き換え、また書き直す。ワードファイルに名前を書きためめ、それをほぼ毎日のように開いては書き換え、改めているのだ。

ある日、彼は映画『プラダを着た悪魔』(3)を観た。そのとき、ファッションを自分のアイデンティティを象徴するものであるとか、自分を有意義に補足してくれる最高の道具であるかといったように描いているシーンが彼の気に留まった。

この映画は、彼にとって普通なら絶対に観ない類いの映画なのだが、あるデートで見る羽目になった。映画はひどかったが、この短いシーンのおかげで残りの一〇八分も耐えられたと言う。このシーンが彼の目を開かせた、と。

このファッションの定義づけのなかには真実が含まれているが、それはファッションにかぎらず、家具や引っ越し先の町、音楽のジャンル、雑誌、ティーの種類、あるいは住まいにも言えることである。意識的に選び、自分の生活にふさわしい枠をつくる材料、いわばそれに適した型だ。わざとひと呼吸置いてから、この説は、自分が付き合う人間にも応用できると彼は付け加えた。

僕は、呆然として彼を見た。

「俺のことをすごくよく言ってくれる人間とだけ付き合いたい」と彼は言う。「サイコーな話を周りにしてくれる奴らとだけね」

冒頭の招待客リストは、言ってみればキャスティングだったのだ。

「で、そういう人を、何を目安にして選ぶんだい？」と、僕は言葉を選んで尋ねた。

彼は込み入った表現を使ったが、結局、それは職業のみだった。しかし、これが僕を不安にさせた。

「お前の生活から言うと、友人じゃなくて知人のほうがしっくりきそうだな」と言うと、彼はきょとんとした顔つきで僕を見た。

（３）　二〇〇六年公開のアメリカ映画。著名だが悪魔のような上司のもと、自分の夢を叶えるために奮闘する女性の姿を描いた作品。

フーフェラント通り（4）の広々としたアパートで、僕は自分のグラスにワインを注ぎながら、彼も自分の誕生日をきっとこんな夕べにしたいんだろうなと考えていた。打ち解けた雰囲気。何しろ、友人だけが集まったリラックスした夕べなのだから。

そこでふと、男性が全員ジャケットを着ていることに気づいた。もちろん、僕も。何だか、ビジネスディナーのようだった。

これまで僕たちは、住まいや食べ物のことについて話をしていた。このあとは、おそらく仕事やベルリンについて話をし、きっと政治や子どものことについても話すことになるのだろう。でも、一番の話題はやはり仕事のことだ。ここにいるほとんどの人が、仕事の話しかできないような感じがする。

ごくありきたりの進行、すべてが予測可能だ。探りを入れ、相手を査定し、互いに値踏みし合う。愛想のいい微笑を浮かべながら、名刺や電話番号、あるいは名前を交換して、フェイスブックで友だちになる。

ジャケットという出で立ちがぴったりだ。これはビジネスディナーだった。どこまでも。

それは一つの戯れ、一種の演劇だった。お膳立てがされ、披露される劇。僕は、どちらかというと映画や音楽について話をしたかったが、外見上では僕もここにぴったりだった。自分の役回りを演じていた。でも、ひょっとしたら、ほかの人も僕と同じように感じていたのかもしれない。映画や音楽について話をしたかったのかもしれない。仕事より身近な事柄について。とはいえ、そもそも彼らの生活に仕事より身近に感じられるものがあるのかどうか、確信はなかった。

ここでは誰も、一歩踏み込んで中を覗き込もうとはしなかった。自分自身が満足している生活について話すために、ほかの人の様子を尋ねる。ふと僕は、プロモーションツアーをしていることに気づいた。人気作家のプロモーションツアーを。

二時間後、僕はまだスヴェンの淀みない話に穴が開くのを待っていた。僕は彼に、ユニバーサルでの具体的な仕事を尋ねるというミスをやらかしてしまったのだ。それは四〇分前のことだった。

スヴェンはまだ話し続けていた。彼のような人には、無口な話し相手が必要である。彼の場合、鏡に映った自分ともアクティブな会話を交わすことができるにちがいない。あるいは、夜、仕事について恋人と何時間でも話すことができるだろう。彼女が二時間前から眠り込ん

（4）（Hufelandstraße）店やカフェが並ぶプランツラウアー・ベルクのおしゃれな通り。

でいることにも気づかずに。でも、彼は音楽業界にいる。もしかしたら、その業界ではそんなふうでなければならないのかもしれない。

そのあと、スヴェンはダイニングテーブルに置いてあったウォッカのボトルをつかみ、僕のほうに差し出した。僕が「ぜひ」というふうに頷くと、スヴェンは僕たちの間にグラスを二つ置いて、それにウォッカを満たした。音楽業界では、ウォッカを飲むタイミングに対する、ある種のセンシビリティが育まれているようだ。

僕は周りを見わたした。そろそろ限界のようだ。彼らは基本的にとても孤独な人々だった。それをうまくごまかしているだけなのだ。

これは、永遠に続くビジネスディナーだと僕は思った。終わることがない。僕たちがこんな夕べを「友人と過ごす気軽な夕べ」と呼ぶのは、おそらく、これがもっとも聞こえがいいからだろう。**そして、僕たちをいい気分にさせてくれるからだ。そう、結局はそこなのだ。**

肝心なのは、いい気分にさせてくれることなのだ。

5 たぶん、明日にしたほうがいいのかも

ほぼ正確に一年前、僕はまた何か体にいいことをはじめようと決心した。

いつからそうしていたのか分からないが、ある朝ふと、鏡に映った自分の裸の上半身をじっくり眺めないようにしていることに気がついた。僕は、自分の顔や後ろの本棚、そして鏡に差し込む柔らかな朝の光を見るようになっていた。上半身は目の端にチラチラと映すくらいにして、ぼんやりとしか見ていなかった。いわば、ガウス(1)の「軟焦点レンズ(2)」で見ていたのだ。どうやら僕は、抑圧フェーズにあったようだ。

しばらくの間、これは抜群に機能した。でも、今ベッドをともにしたばかりのとても控えめな女性に、「あなたの上半身は、きっとTシャツを着たときのほうがいいわね」と確信を

（1）（Johann Carl Friedrich Gauß, 1777～1855）ドイツの数学者、天文学者、物理学者。近代数学の創始者とも言われている。

（2）（Soft Focus Lens）ピントを合わせた象の周囲をにじませ、ソフトな感じを出すレンズのこと。

もって言われたとき、僕はこのフェーズもついに終わりに達したことを悟った。そう、完全に。

彼女が僕の部屋を去ったあと、僕は長い間鏡の前に立ち、自分の上半身を観察した。Tシャツは着ずに。もう、この上半身とおさらばをしたかった。それは、何だか見慣れないものになっていた。何かしなければならないと感じた。それも、今すぐに。

やる気満々だった。かなり高額なフィットネススタジオの半年間という会員契約にサインをし、とても高価なスポーツウェアを買い、やる気いっぱいでボディづくりをはじめた。最初の二週間は一日おきにスタジオへ行った。三週間目は二回行った。

その後、行く回数が減っていった。

それから、クローゼットの中のスポーツウェアを通り過ぎる眼差しに良心の呵責が混じっていることに気づくまで数週間しかかからなかった。あんなに高かったのに、今ではもう全然使っていない。放りっぱなしである。

僕は、「自分を正当化しなくては」という衝動に駆られていた。自分自身に対しても。

トレーニングに行けなくなった立派な理由はいくつもある。奇妙なのは、時間が経つにつれてその理由が増えていったことだ。神の摂理が、全力で僕のトレーニング続行の邪魔をしているかのようだった。毎日と言っていいほど、新しい障害が現れた。契約書にサインをしたときは、まったく思いもしなかったことだ。

サインをしたのは九月だった。一〇月には寒さが強まり、月末にサマータイムが終わると日暮れがとても早くなった。こうなると、すっかりやる気も失せるというものだ。

それに、事前に理論的な知識を得ていた僕は、トレーニングの前に食べすぎた日はスタジオへ行けないことを知っていた。そして、食べた量が少なすぎて、効果的なトレーニングができないから行かないという日もあった。また、太陽が明るいので、スタジオへ行く気がしないというときもあった。

秋ともなれば、天気のよい日は有効に使わなくてはならない。とはいえ、太陽が出ていないからトレーニングに行きそびれるということもあった。こんなふうに、不安になるほど次々といろんな理由が出てきたのだが、当時はなぜかそのことに気がついていなかった。

今思い返せば、もちろん言い訳でしかない。でも、その最中《さなか》には、なぜかそういうことは認識しない。本当にそう思っているのだ。何より、そこにはいつでも逃げ込める論拠があった。次の日に延ばす、という論拠が。そして、人間という生き物はナイーブだから、次の日にもまた何か予期せぬ出来事が起こることなど、もちろん思いもしないのだ。

やがて僕のトレーニングは二週間に一回となった。大目に見て。筋肉モリモリになるのも嫌だったし。そして、とうとうそのときがやって来た。このかわいそうなスポーツウェアを見て、あの契約をすぐにでも終わらせなければならないと思ったのだ。自動的に延長される前に。

でしょ。

というわけで、ざっと計算をしてみた。最初に契約した半年会員は、最終的に一年会員となり、その間に利用したのは、どうひいき目に見ても二か月だった。契約書に血でサインをしたような気分だった。これは最後の論拠だった。僕はもうそこに行かなくなった。こんなとんでもないさるぐつわ的な契約で、顧客からお金を搾り取るフィットネススタジオへの怒りが膨らみすぎたからだ。

僕の真摯なフィットネススタジオ通いは終わった。僕は、それを放棄した。あまり気分のよいことではないが、最近、ある知人が「体のためにもういい加減何かをはじめないといけない」と、僕に語った。面白いことに、僕たちの「キャリア」はほとんど同じだった。多くの人が思っているよりも、そしておそらく願っているよりも、人間同士がかなり似通っていることを分からせてくれる事柄がある。その一つが「フィットネススタジオ・キャリア」である。

　知人も同じフェーズを経ていた。僕一人ではなかった。ほかの人も似たり寄ったりだったのだ。知人は僕の行動の論拠となり、それはまた、何となく僕の不安を静めてもくれた。ところが、オリジナリティーにあふれたフェーズを経る人間が時折現れるために、僕は改めて不安になった。それも、かなり不安に。

　たとえば、僕のよき友クリストフ。

　この一月、クリストフはようやく重い腰を上げて、また体を鍛える気になった。彼の場合も減量が目的だったが、初めはもっとも効果的なスポーツが何なのか、まだよく分かっていなかった。一日おきに自転車を漕ぐようになったと聞いたのは、彼がスポーツをはじめて数週間後のことだった。

「いつも限界まで走るんだぜ」と、自信あり気に言う。

(いつも限界まで?)と、僕は内心驚いた。

「クールじゃん。で、どこを走ってるの?」

　冬のことだし、凍結した道路を限界まで走るのは危ない。

「へへ、うちにあるホームトレーナーでだよ」

（ああ）と僕は思い、疑うように彼を見た。もしかしたら、皮肉を言っているのかもしれない。でも、クリストフの自信に満ちた眼差しには皮肉の色は見られなかった。まったく、これっぽちも。

僕の母もホームトレーナーを持っていたが、慎重を期して、そのことは口に出さなかった。そして、「ホームトレーナー」とクリストフの「いつも限界まで」という表現のつながりが、僕には今ひとつはっきりしないことも。

「それでだ」と、クリストフは弾みをつけた。「スポーツをやろうと思っているんなら、フィットネススタジオなんかどれも役立たずなんだよ。俺もやってみた。全然だめだね。それとジョギング。あれも俺向きじゃないな。いつも天気を気にしなきゃいかん」

それからの数週間、クリストフは別人になった。まるでスポーツ医を見ているような感じだった。かなりプロっぽいことも言う。彼の話を聞いていると、自分は相当未熟だと思わずにはいられない。でも、かなり包括的な基礎知識をもっていたにもかかわらず、問題が一つあった。彼は、まったく痩せなかったのだ。何か間違ったことをやっているようだ。そして、これもまた、やる気を大いに失わせかねない要素の一つであった。

彼のスポーツ科学的な話が少なくなっていった。僕もその話は持ち出さないようにした。

キズに触れると分かっていたからだ。そして、もちろん、何が起こったかも知っていた。トレーニングとトレーニングの間の休息期間がどんどん長くなっていったのだ。彼の真摯なスポーツ実践を左右する言い訳がはじまった。そして、それを挫折させることになった。すべてが終わった。

でも、僕はクリストフを見誤っていた。それは終わっていなかったのだ。まだ、まったく。**クリストフは、目標を見失ったわけではなかった。戦略を変えただけだった。自分の言い訳に戦略のほうを合わせたのだ。**

「もう、スポーツで体重を落とすのはやめた。食事で全部やる。スポーツは、もう補充的にやるだけだ」

（ふ〜ん）と僕は思った。

「いろいろと調べたんだ」と彼は言う。

それは、何となく脅しのように聞こえた。

そして、それは確かに脅しだった。

その後の数週間、スポーツ医学的な会話は栄養学的な会話に取って代わられた。クリストフは水を得た魚のようだった。ただし、ここでもまた問題が起こった。クリストフはやっぱり痩せなかったのだ。それどころか、事態は悪化して、彼は太ってしまった。

そのうち、著しい不安を生み出す新たなフェーズに突入した。クリストフは七月に、僕が知るかぎり、スポーツ医学全般をひっくり返しかねない革命的な発見をしたのだ。

「つまりね」と、彼は謀反人の顔をして言う。「抜けはあったけど、続けて三週間ホームトレーナーでトレーニングしただろ。前にも言ったように、いつも限界までさ。でも、全然痩せなかった。ところが、だよ！」

緊張感を高めるために、クリストフはひと呼吸置いた。

「先週なんだけどね、すごく暑かっただろ。だから、毎日冷水シャワーを浴びてたんだ。そしたら、まさにこの週、二キロ近くも痩せたんだ」

そう言って、意味ありげな目で僕を見た。僕は心もとなげに彼を眺めた。クリストフがここで得た答えを想像して、とても不安になったからだ。

「つまりだな、ここには一つの関連があると思うんだ」

彼は、僕の恐れていたことを口にした。

ああ、何と言おうか。クリストフは今、毎日二回シャワーを浴びている。朝と夜。冷水で。

僕のほうはといえば、二か月前にジョギングをはじめていた。オリジナリティーには欠けるが、効果はあるようなので、それだけでもよしとしたい。最近、ある女友だちにその話をしたとき、スポーツの邪魔になる理由がほかにもあることに気づいた。

「私、ジョギングをずっと好きだったじゃない？」と言って彼女はため息をつく。「でも、もうできないのよ」

「へぇー」と、僕は関心を示しながら言った。「で、どうして？」

「うん、それがね、彼がねぇ……」と言いながら、彼女は悲しそうに視線を落とした。「彼がちょっと嫌がるのよね。もともと、そんなに大きくないしね」

（何が？）と、僕は不思議に思った。彼女が何を言っているのか、正直なところ初めはまったく分からなかった。

フリードリヒスハインにある公園「フォルクスパーク」。散歩やジョギング、憩いの場所としても人気がある

「女性の場合、どこが一番に痩せるか、知ってるでしょ」

ナイーブな僕は「顔?」と答えたが、実は（何が?）と考えているときにすでに気がついていた。そして、「ああ」と狼狽した声を出した。

「そうなのよ」

（ああ、神様!）と僕は思った。

同情していることを伝えるために何か言ったほうがいいのかなとも思ったが、何を言えばいいのか、まったく思いつかなかった。

仕方がない。

僕は今でもジョギングを続けている。今はまだ楽観している。今はまだやる気満々だ。でも、もう秋になり、だんだん寒くなってきたとも感じている。

それに雨も多くなった。

それに早く暗くなる。

それに――もうきっと、みなさんは分かっていることだろう……。

6 見ているほうが気恥ずかしくなるテレビ番組は中毒になる

八年前からテレビを置かなくなった。故意にそうしている。テレビを手放すことを決心したのだ。それ以来、多くのメリットがあることを知ったが、多くのデメリットのあることも知った。なかには、メリットなのかデメリットなのか、まったく分からないこともある。たとえば、話の輪に入っていけないことに気がついたときなど。

農夫のお嫁さん探し、スターシンガーのキャスティング、B級スターの「オーストラリア・ジャングルサバイバル」といったテレビ番組を僕はまったく見ていない。関連記事を読んでいるだけだ。以前は、どの記事も上から目線の嘲笑的トーンだったが、今ではあの著名雑誌〈シュピーゲル（Spiegel）〉でさえ、現在進行中の「ジャングルサバイバル」のライブティッカー(1)を流している。今までサッカーの重要な試合でしか見たことがないものだから、

（1）スポーツなどをウェブ上で簡単な説明で生中継する方法。

これはかなり愕然とする出来事である。

「ジャングルサバイバル」などは、本来、誰も見ないジャンルに属していた。本来は。でも、この間の何弾目かの放映中、少なくとも僕の想像のなかではジャングルサバイバルの視聴者層に属さなかった人々までもがその話をしはじめた。

「昨日のジャングルサバイバル見たか？　すごかったよな」

数週間前にこう言ったのは、かなりいいセンをいっている建築家の友人だった。

「お前、ジャングルサバイバルを見てるの？」

僕はびっくりした様子を装って聞いた。そう言えば、彼の傷に触れることを知っていたからだ。

「いや」と、彼は間髪入れずに言った。「ちゃんとは見てないよ。あんなもの、見ないさ。ちらっと見ただけだよ」

ちらっと見ただけ。これは弁明でしかない。これはこの友人にかぎったことではない。視聴率を見れば分かる。それはすごい数字なのだから。

夜、ジャングルサバイバルの放映時間に街を歩くのはどんな気分だろうか。まだ試したことはないが、想像に難くない。おそらく、孤独を感じることになるだろう。映画『アイ・アム・レジェンド』[2]に主演していたアメリカの俳優ウィル・スミスのように。独りぼっちの放浪者。

先週、誰かと話すたびに、僕はこのテーマをもち出した。すると、みんながみんな弁解をするわけではなかった。

「見てるわよ。いいじゃない」と、ある女友だちは言う。「面白いと思うわよ。私、一日中インテリでいるわけじゃないもの」

僕は「ああ」と言って頷いた。こんなふうに言われれば、何も返すことができない。

ある同僚は、「あれはコメディ番組なんだよ」と言う。「だって、みんなメディアのプロだろ。アドホック劇みたいなもんだと思ってるよ。インプロ劇だな」

こんなコメントならまだいいだろう。でも、そこでそうやって見ている事柄についてもう少し深く考えてみると、やっぱりちょっと考え込んでしまう。知り合いのクリストフの場合のように。

彼は「公にあんなことをさせるなんて、本当ならNGだろう」と言う。「あの最後に勝っ

(2)　二〇〇七年に制作されたアメリカのSF映画。人工ウイルスの脅威を、たった一人生き延びた男の話。

た一九歳のヤツ、あいつを見てると知的障がい者じゃないかとも思うよ。障がいがあるかどうかのギリギリの線だよ。あいつが勝ったら、もう限界だ。見てるほうも、どんな人間なのか、これでだいたい分かるよな。そいつらが投票するんだから。**モットーはこうだ。あいつは自分よりもっとバカだ**」

バンド・プーア(3)は「驚愕バンド」と見なされている。ジャングルサバイバルは「驚愕テレビ」だ。社会的な現象と言ってもいい。

でも、この言葉はぴったりとは言えない。なぜなら、社会的な現象とは例外的な現象を指すからだ。そして、例外的な現象は、全員が一緒になってそれを行えば、もはや例外的な現象ではなくなる。だから、この番組がグリメ賞(4)の候補になるということも起こるのだ。授与者である「グリメ研究所」によると、この賞は「模範的かつモデルとなるプログラムづくりの実績をもつテレビ番組や業績に授与する」ものらしい。

ふむ。

正直なところ、このような要求をジャングルサバイバルに応用するのは難しいと思う。それでも、グリメ研究所の審査員の決定は理解できる。彼らは諦めたのだ。降参したのだ。群衆の力の前に。高視聴率によって、このジャンルはすでに誰もが見過ごすことができない社会的な重要性を得たのだ。

審査員の頭の中の動きが僕にはよく想像できる。

「ふむ。どう始末すれば一番エレガントにやれるかな？　そうだ！　また妙案が浮かんだぞ。本来なら過ちである事柄を、ハイセンスであるというふうに定義し直してしまえばいいんだ。それをインテリ化するわけだな。総合芸術として。これだ！」

なんてね。事実、彼らはそれを実行した。

では、これから全体的なつながりを見ていこう。数か月前、ある友人から、一国の精神はどこを見れば分かるかと聞かれた。

「どこに一番よく表れると思う？」

「いい質問だな」と、僕は少しためらいながら言った。

「〈シュピーゲル〉に載っているベストセラーなんかどうだろう」

僕は頷いた。読んでいる本を見せてみろ。お前が誰か、当ててやる。これは、まあ正しい。

（3）（Band Pur）一九七五年に結成されたドイツのポップスバンド。アルバムは常にヒットチャート上位を占めている。

（4）テレビ番組に授与されるドイツでもっとも権威のある賞。

一国の精神は、大多数の意見の一致がどこに見られるかで分かる。これはいいセンを行っているような感じがする。でも、ご存じのとおり、今では読書などはほとんどしなくなっている。今や本を買うのは、読むためではなく贈るためとなっている。

最終的に僕たちは、テレビ番組だろうということで落ち着いた。そうだとすると、ドイツの精神はかなりまずいことになっている。とりわけ、視聴率をもとにしたときの意見の一致がどんなジャンルに現れるのかを見てみると。何とも恥ずかしい。見ている番組を言ってみろ。お前が誰か、当ててやる。いかにも今風に聞こえる。そして、かなり驚愕する。

ここで、「お前の立場なら、そりゃ批判もやりやすかろう」と言う人も出てくることだろう。僕はテレビをもっていないから、どちらにしても安全なのだ。僕は当事者ではない。皮肉の色を浮かべ、少し横柄な視線で眺めていられる。物事を単純化して見る、あの冷たい眼差しで。

でも、これは少し間違っている。

というのも、僕はあることに気づいて不安になってしまったからだ。実は、友だちの家へ遊びに行って、テレビがついているとあの中毒を感じるのだ。そちらのほうばかりを見てしまう。でも、これはまだ大したことではない。どんなジャンルに釘付けになるか、これこそが恐ろしい。歌謡番組を見ているときも、アンゲラ・メルケル首相を見ているときと同じ理由で、チャンネルを変えることができない。

それは麻薬のようなものだ。他人を見ていて自分のほうが気恥ずかしくなるといった感情の「共感性羞恥」という麻薬。僕は明らかに共感性羞恥中毒であるようだ。

そのせいで、僕も「ジャングルサバイバル」の視聴者と変わらなくなってしまった。

一二月、友人のフレデリックを訪ねた。一見しただけだと、リビングには大きなソファと壁にかかった巨大なテレビがあるだけである。テレビにはスイッチが入れられていた。というか、すべてを独占していた、とでも言おうか。それは「会話キラー」だった。しょっちゅう、テレビのほうを見てしまうからだ。

メルケル首相は人気者？

フレデリックが部屋を出ていったとき、僕はリモコンを手に取って、チャンネルを次々と替えてみた。そして「ＭＤＲ局[5]」まで来ると、そこから先にチャンネルを替えることができなくなった。それもそのはず、ちょうどそのとき「あなたのための音楽（Musik für Sie）」を放映していたからだ。ドイツ北部の都市、マクデブルク（Magdeburg）からの生中継だった。ＭＤＲは公共放送だ。つまり、僕たちが支払っている受信料で賄われている。そして、この冬の夜、僕自身も公共放送に資金提供をしている理由をおおよそ把握した。

テレビ番組を無限に見ることのできる人には、僕の歌謡番組に対する情熱はよく理解できないだろう。部屋に戻ってきたフレデリックも、僕を見て呆気《あっけ》に取られていた。そして、ためらうことなく僕からリモコンを取り上げようとした。でも、僕はそれを拒み、「だめだよ！　お前も見てみろって」と叫んだ。

フレデリックが降参するまでに五分ほどかかっただろうか。その後、彼は赤ワインのボトルを開けた。

何と言おうか、それはとても楽しい夕べになった。というのも、「あなたのための音楽」は、前回の「ジャングルサバイバル」を勝ち抜いたあの彼のような人のために制作されたのではないかと思わせる番組だったからだ。つまり、障がいギリギリのところにいる人のために。

これは歌謡番組だ。でも、それと同時にリアリティのある風刺番組でもあった。出演者全員がとても不自然に見える。障がいがあるのかと思われるようなニヤニヤとした笑いをしていたし、話す内容もその笑いによく合っていた。この番組は、このニヤニヤ笑いを中心にして制作されたのではないかと思うことがしばしばあった。それがすべてを一つに束ねている赤い糸であるかのように。

僕たちはワインを飲み、バツの悪い、恥ずかしい思いをしながらテレビを見ていた。思い切り楽しみ、涙が出るほど笑った。素晴らしい時間だった。僕たちは「あなたのための音楽」で出されるクイズにまで応募してしまった。ただし、住所は僕の両親のものだったが。

冒頭のキャスティングショーや農夫のお嫁さん募集番組、あるいは「ジャングルサバイバル」を見ている人たちも、きっとこんな気分なのだろう。

僕たちが望むより、僕たちのことを多く語る番組。それらは、僕たちののぞき見趣味を満足させ、他人の不幸を喜ぶ気持ちや共感性羞恥を味わいたいという欲求を培養する。

ひょっとしたら、アンゲラ・メルケルが僕たちに一番ぴったりの首相であることも、その

（5）ザクセン・アンハルト州とチューリンゲンのテレビ局。

せいかもしれない。彼女の演説を聞いたり見たりするとき、僕はバツの悪い思いを隠そうと、ついつい椅子に座ったわが身をよじらせてしまう。そして、そのことを楽しんでもいる。ひょっとしたら、彼女がヨアヒム・ガウク(6)に次いで二番目に人気のある政治家なのはそのせいなのかもしれない。彼女は、僕たちの「驚愕の政治家」なのだ。ドイツ政治の「ジャングルサバイバル」なのだ。

僕たちにふさわしい首相。

今ここで、ドイツ精神のことがまた頭に思い浮かんだ。そして、何と言おうか、僕は思っていたよりもドイツ人ぽいようだ。

少なくとも、そんな心配をしている。

(6) (Joachim Gauck, 1940~) ドイツの無所属の政治家。二〇一二年から二〇一七年までドイツ大統領を務めた。

7 幸せ？

　幸福というのはなかなかやっかいな問題だ。本当に幸せなのは、どんなときなのか。答えは簡単に出そうにない。そしてまた、誤解もたくさんある。僕たちの幸せはどんなふうなのかと、広告やテレビ、雑誌などが説明してくれている。あたかも幸福は買えるものであるかのように。

　子どものころから僕たちは、幸せになるにはどんな人生を送るべきかについて、親から言い聞かせられてきた。結婚はもちろんのこと、新車を買って、マイホームをもつ。これが最上の前提条件となる。そうすれば、何の心配もなく幸せな道を歩むことができるはずだ、と。これはあらかじめ決められていることで、その影響から逃れようとしてもなかなか容易ではない。

　僕にとっても。

　それはそれで正しい。いろいろと加筆・修正して仕上げたあのリスト。しかるべき住まい、しかるべきキャリア、しかるべき生活。カタログのページをめくり、自分という人間を一番よく表現している家具や服はどれかと考える。あるいは音楽のジャンル。**それらを手に入れるために一生懸命働く。プレッシャーがなくなることはない。ひと息つく暇などもない。自分の人生について考える時間などないのだ。**

僕もそれは知っている。朝起きると思う。「やらなきゃ！　何か早くやらなくちゃ」と。

もちろん、これは一つの社会問題だ。僕たちは、この社会の産物なのだ。僕たちが生きている経済システムは、成長なくしては機能しない。たとえ、それが借金をしたうえで実現されるとしても。このシステムには消費者が必要なのだ。

問題となるのは、その人々の行く末だ。

つい最近、この疑問に対する答えを得た。知人のマティアスと一緒に赤ワインのボトルを空にしたあと、彼が「自分はもうこの人生にマッチしなくなった」と吐露したときに。

「なんだって？」と、驚く僕の前でマティアスが悲しそうに頷いた。

いや、これには本当に驚かされた。今の今まで、何もかもうまくいっている人生だと思い込んでいたからだ。マティアスは広告代理店に勤め、高収入で、出世の階段を順調に上っている。恋人のヴィクトリアも魅力的な女性だ。二人は一年ほど前から、プレンツラウアー・

ベルク[1]にあるマンションの最上階に暮らしている。分譲で、一二年後にローンの支払いが終わる予定だ。そろそろ子どもも欲しい。何もかも順調だ。いずれにしても、外から見たかぎりでは。なかから見ても、そうだったと思う。

四週間前のあの夜までは。

火曜日の夜だった。ヴィクトリアは友だちと約束していた。マティアスは遅くまで残業をして、九時ごろに帰宅した。これはとくに珍しいことではなく、彼はもう数か月前からいつも最後にオフィスを出ていた。一人で過ごす夜は久しぶりだ。自由な夜。ちょっと出掛けてビールでも飲もうかと考えたが、すぐに思い直した。誰を誘えばいいか分からなかったし、一人でバーへ行く気にもなれなかったからだ。

マティアスは、リビングに据えられた、今ひとつ寛げないソファで寛ごうとしてみたがダメだった。高価なだけが取り柄のこのソファには、ゆったりと座れるポジションが一か所だけあるが、いつもたまたま見つけるだけで、この夜はどうしても見つからなかった。彼は白いワイシャツに黒い背広を着ていた。ネクタイは、最初のビール瓶を開けたあとに緩めてい

（1）（Prenzlauer Berg）ベルリン北部の一区。若者や富裕層が多く住む。九七ページの写真参照。

た。靴はまだ履いたままだ。

雨が降り出してきた。窓を打つ雨音が好きだった。昔を思い出す懐かしい音。彼はビールをひと口飲み、大きなパノラマ窓に目を向けた。そこには家具の少ない部屋が映っていた。そのとき、マティアスに何かが起こった。彼を不安にさせる何かが。

彼の視線は、窓に映った高い白壁を這い、高価な家具を這い、それよりさらに高価な床を這い、最後に自分の姿に釘付けになった。この素晴らしい部屋に立つ自分の姿を見たとき、これまでまったく気にならなかったことに気づいた。彼はこの部屋にそぐわなかった。軽い寒気を覚えた。そして、この部屋にいる自分自身を、突然、異質なものに感じた。

これが、すべてを変えた瞬間だった。

彼は自らを異物のように感じた。全体的な審美性にあふれたコンセプトのなかに収まりきらず、ただ邪魔しているだけの古びた家具のように。

彼女もそのことに気づくのではないかと思った。これらの家具に彼が似合わなくなったからという、ただそれだけの理由で彼と別れようとするかもしれない。でも、たぶん、これまでも全然似合っていなかったのだろう。彼はきっと、どちらかと言うと、壁一面を覆う素朴でがっしりしたオーク製のユニットたんすだった。自分には、もうどうすることもできなくなったように感じた。

ふと、彼女が昨日ソファに座っていたときの様子を思い出した。彼女のことが、広告代理店にいつも置かれている高級な雑誌のグラビアに載っている女性のように見えた。彼女は、このマンションに完璧に調和していた。一方の彼は、ここにちょっと遊びに来ている男性といったふうだった。

ほんの一瞬、まだ生まれていない二人の子どもが、この高い天井の部屋にいる様子を思い浮かべた。彼女も子どもも、そこに調和していた。それはおそらく、想像のなかの子どもが彼より彼女に似ていたからだろう。

こんな調子だったので、いろいろと想像をしてみたところで、気分が癒されることはなかった。

テレビをつけると、見たことのある映画が流れ出した。ストーリーは思い出せないが、そんなことはどうでもいいという映画であったはずだ。流し見される類いの映画。帰宅したらすぐにテレビをつけるという習慣になっている人のための映画。部屋の中が静かすぎないよう、ペチャクチャとしゃべらせておく映画。自分は独りではないんだと思えるように。

彼は、ヴィクトリアとダイニングテーブルに座り、一緒に暮らそうと話した一年前のことを思い出した。それは心地よいテーマだった。朝食を食べながら、新聞に挟まれている不動産カタログをめくるのが好きだった。ヴィクトリアに広告の内容を読み聞かせているだけで、イメージがくっきりと浮かび上がってきた。

古い建物の中にある高い天井の部屋。両開きのドアがたくさんあって、見晴らしがよく、家具は少なめ、それでいながらゆったりと過ごせる部屋。さあ、家へ帰ってきたぞとほっとしながら足を踏み入れる部屋。

それは、未来の展望との戯《たわむ》れ、可能性との戯れだった。もちろん、金銭的なメリットについても考えたが、それを言葉にすることはできなかった。そうしたら、きっとこのイメージの魔力が失われてしまったことだろう。

引っ越しの当日、二人で部屋の中に立ったとき、自分は今、ずっと来たかったところにいるんだと思った。「これだ！」と確信できる舞台セットを見つけたと感じた。高価な家具をもち、時折訪れる招待客が感嘆のため息を漏らすようなマンションに住んだ。

舞台セットは理想そのものだ。出発点としてはまずまずであり、しかるべきストーリーを物語っている。自分の役割を見つけるために必要な遊びがあった。彼はようやく、思い描いていた人間になれた。ずっとこんな生活を、こんな人生を夢見ていた。しかるべき人生を。

七階。全面改装された古い建物。プレンツラウアー・ベルク。彼の生活には、今やウォークインクローゼットもあれば二〇〇〇ユーロもしたコーヒーメーカーもある。裏庭に面する側には、二人の部屋にだけ通じているエレベーターもある。でも、彼はそれを一度も使ったことがない。定期購読している雑誌に書かれていたワンポイントアドバイスを守っているからだ。健康のため、基本的にエレベーターは使わない。

彼のプライベートを左右しているのは、ある種の雑誌だった。それらのメディアデータによると、ターゲットは年収最低一〇万ユーロ（約一二〇〇万円）の二五歳から四〇歳までの男女。そんな彼らにはネーミングもされていた。

これらの雑誌では、彼らを「アーバン・モダニスト」と呼んでいた。心地よい響きをもつ言葉だが、年齢制限があるため、四一歳になったら退部をしなければならない。四年後には、彼はもうここに属さない。今から新しい何か、その後にやって来る別の生活スタイルを探したほうが賢明だと思われた。

でも今、彼は自分が「アーバン・モダニスト」でなかったことを悟った。それは人生の悲劇だった。元々、彼は自分とは違う人間になろうとしていたのだ。どんなに努力してもなれない人間に。彼はベルリン育ちだったが、むしろ都会に住む農夫と言ってもよかった。

　ヴィクトリアも、いつかそのことに気づくことだろう。いつの日か、マルテとかフリードリヒとかという男ともっと素敵な日々を過ごすことになるだろう。マルテなんて、マティアスよりも響きがいい名前だし。

「アーバン・モダニスト」という呼称がよく似合うマルテ。これらの家具にぴったりのアルファ・マン[2]。彼女の子どもの父親。おそらく彼女は、ある夜にふと目を覚まし、マティアスのほうを見て、ここで自分はいったい何をしているのだろうと思うにちがいない。いや、どちらかと言うと、彼はここで、彼女の人生のなかで、いったい何をしているのだろうと思うことだろう。

　そして、彼女は立ち上がり、去ってしまうのだ。

（ちくしょう）と、彼は思った。（ちくしょう、ち

プレンツラウアー・ベルクのカスタニエンアレーはトレンディな界隈

くしょう、ちくしょう）

マティアスは立ち上がって、窓のほうへゆっくりと歩いていった。入り口の鍵が開く音が聞こえると同時に、テラスへ出る高いガラス戸を引いた。改修工事が施された向かい側の街並みを眺め、どのファァサードが一番好きだろうかと考えた。

プレンツラウアー・ベルク、二人は今人気のトレンドのなかで暮らし、それで幸せだと思ってきた。でも、もうそれも終わりだ。

背後に恋人の足音を聞いた。彼女が両腕で彼を抱き込み、体をぴったりと寄せつけるのを感じた。彼は彼女のほうに向き直り、やさしくキスをした。暖かい夏の夜、小雨のなかでしっかりと抱き合う二人、まさに映画のワンシーンのように見えたことだろう。

完璧なはずのシーンだが、ある配役が、彼の役が間違っていたことから、どこかしっくりとしなかった。彼はヴィクトリアをきつく抱きしめたが、それでもだめだった。彼女にこのことを打ち明けるべきか、そして彼女がそれを理解してくれるかどうかと考えたが、分からなかった。

（２）自信と能力にあふれる、やり手の男性という意味。

「さて」と、ヴィクトリアが小さく言った。「まずは、何か食べるものをつくるね」

「うん」

手を放し、彼女はテラスを離れた。彼は手すりに背をもたせ掛けて彼女を見送った。もう少しここにいようと思い、窓を打つ雨音を聞き入った。目を閉じると、少しだけ異種の感じがなくなった。それは雨のせいでもあった。


僕は彼を見つめたが、もう何も言わなかった。僕はかなりのショックを受けていた。そして、一年前に彼から、ヴィクトリアと一緒に分譲マンションを買うプランを聞いたことを思い出した。その話は僕を不安にした。そうすれば、この先の一五年や二〇年を拘束されることになる。僕ならまだ計画したくない時間のスパンだ。**これは、三〇代半ばに残りの人生がどんなふうになるかを知ってしまうようなものだ。**出世の計画を一〇年単位で立てる役人コースのような人生。

でも、一五年の間にはいろんなことが起こりうる。

僕は、放心したようにワイングラスを舐めているマティアスに目をやった。彼の決定的な体験は、僕が正しかったことを証明しているようなものだった。僕たちは、もうあまり話をすることなく、一二時ごろに別れた。

「しっかりな」と僕は言ったが、そこには少々無理な響きがあった。恋人と別れ、その彼女に早く立ち直って欲しいと思っているときに男がよく使う言い方だ。

帰り道、時折、足を休めるべきなんだろうなぁと僕は考えていた。まだ先入観にとらわれていない見方で物事を見ることができる視野、そんな視野で今の人生を眺めるために。一見したところしっかりつなぎ合わされているものを、本当にそうなのかと疑問視する目で眺めるために。

自己を振り返ってみるのはよいことだ。マティアスのように自分の人生を観望《かんぼう》して、「俺はここでいったい何をやっているんだろう」と自問する瞬間に襲われる前に。満足していると思っていたのに、突然、間違った場所にいるような感情に襲われるのはあまり気持ちのよいものではない。

これまでを振り返って、人生を左右する体験や決心をしたときに必ずこのような感情に襲われたと思うのであれば、ますます気持ちのよいことではない。仮にそうであれば、その瞬間、その意味を疑っていることになる。プライオリティ（優先順位）を間違ってしまったのか、間違った決心をしてしまったのか、と。これがあれば幸せだと思っていたものは、本当に自分を幸せにしているのか、と。

そうしないと幸せになれないんだよと、みんなが口を揃えて言っていたとしても。**ひょっとしたら、別の人生を歩むべきだったのかと自問してみる。**

これはよいことだ。でも、それに対する答えを知りたいと思っている人は一体どれくらいいるのだろうか。多くの人は、それを脇に押しのけて、今の人生をそのまま続けている。

再び、あの瞬間に襲われるまで。

まったく思いもしないときに。

8 ヴィーガニズムはもうクールじゃない

ほぼ正確に二か月前、ヴィーガン生活（完全菜食主義＋ライフスタイル）をはじめて数年になる知人が、ヴィーガン食がトレンドになりそうで嫌だと言い出した。

僕は「なりそう？」と笑いながら返した。「『なりそう』と言うには、ちょっと遅すぎるんじゃない？」

「え？」

彼は本当に驚いているようだった。そして、きっぱりと言った。

「そいつらは、半年後にはまたいなくなってるさ」

（ふ〜ん）と僕は思った。

それならもっと始末が悪い。このトレンドは、この数年間でメインストリームにまで達したのだから。ヴィーガニズム（veganism）というテーマからは、今やもう誰も逃れることができなくなってしまったようだ。僕の自宅ですら、すでにそうだ。ノートパソコンに現れる利用可能な無線ＬＡＮネットワークのリストには、僕自身のネットワーク以外に、「Hallo DA Draussen（ハローそこの外界）」「nasenbaer（鼻熊）」「ostberliner（東ベルリン人）」などと並んで「Go vegan!（行け、ヴィーガン！）」の文字がひときわ力強く光っている。

昨日、地下鉄に乗っているとき、主食としてミートボールが毎日食卓に上っていることが肌からも体重からも読み取れる中年女性二人のやり取りを目撃した。この二人の世界にも、ヴィーガンの波がすでに押し寄せていた。

「ヴィーガン？」と一人の女性が言う。「それって、木から落ちた果物しか食べない人たちでしょ」

「ちょっと違うわね」ともう一人。「それはフルータリアンよ。もっとひどい」

ベルリン事情にはよく通じているようだ。

どこもこんな感じで、ベルリンの中心街で聞こえてくる会話のうち、二つに一つはヴィーガン食がテーマなのではないかと思われるほどだ。**これにはやっぱり非常に疲れてしまう。何より、そこで話されていることは、どちらかというと趣味であって人生観でないことがすぐに分かってしまうから。そして、ここには大きな誤解が潜んでいる。**そのことについて触れたい。

なにゆえ人はヴィーガンになるのか。これは大事な問題だ。

ヴィーガンという生き方は、「動物を搾取してつくられている製品は消費しない」という倫理的な考え方の表れである。これにはもちろん、肉を食べたり、革や毛糸を使った服を着たり、動物実験をして開発された化粧品を使ったりはしないといったことも含まれる。ヴィーガンにとって大切なことは、より良い世界に生きるより良い人間になることだ。そこでは、動物は製品としてではなく、同等の権利をもつ生命体として扱われる。

ところが、今ヴィーガン生活をはじめた人の大半は、そういうふうに考えてのことではない、と言わざるを得ない。彼らの理由は信用問題だった。大勢の人が失ってしまった信用。この数年間で何度も公になった肉スキャンダルのことを考えれば、それもよく分かる。どうしても、食品業界を信用することができなくなってしまったことは明らかだ。もはや放置できないほどの集約的畜産の惨状は誰もが知るところだし、「Bio」マークの信用度も落ちている。

つまり、**みんな単にもっと健康な食生活を求めているのだ。**

今や、容器の裏側に記されている内容物の詳細が信用できない

ドイツのBioマーク

ものだと知っているのだ。だから、ヴィーガニズムは多くの人にとって倫理とは無関係であり、消費者としてのリアクションでこういう結果になったにすぎない。そして、何にでもラベルを貼らなくては気がすまないので、ここに「ヴィーガン」というラベルを貼った。そうすると、何かの運動であるかのごとく、何か大きなことのように響く。その仲間になれる。やっと、また。そうして、みんなが束になってそれに参加する。

本来なら、僕たちは全体的に考え方を改めるべきである。僕たちが住んでいるのはディスカウンターランドだ。安ければ安いほどよい。知り合いのアバンギャルドなイタリア人コックは、ドイツ人には美食に関するインテリジェンスが足りないと、事あるごとに嘆いている。安ければいい。肉は、今やトマトなんかよりも安い。何とおかしな状況だろうかと思う。でも、肉の値段が今の三倍にもなれば、やはりみんな怒り出すだろう。質がよければ当たり前だと僕は思うが、こういうことについて、今さら生まれつきの性分を変えることはできない。

ヴィーガニズムは、本来、動物の権利を守る運動、つまりは思いやりから生まれた倫理観である。しかし、トレンド・ヴィーガンは、消費者としてのわが身のことしか考えていない。そして、最近起こった「腐り肉スキャンダル」の記憶が薄れてしまえば、もうヴィーガン食を続ける理由がない。その時点で、この問題は存在しなくなる。**両親が定年退職したとき、二人とも、数年後には食事の話しかしなくなっているのではないかと恐れていた。この観点で見てみると、ヴィーガン・ヒップスター[1]は、定年後はとても幸せになるだろう。今でさえ、食べ物のことしか話していないのだから。**

先週、「この間、またあのヴィーガン会話を聞いたのよね」と、ある女友だちが僕に言った。

「フリードリヒスハインで女性二人。ひどかったわよ！　人生の虚しさを満たせるものをやっと見つけて、すごく嬉しがっているのがよく分かったわ」

「何も起こらない人生、か」

「何も起こらない人生、ね」と、彼女もまじめな顔をして頷いた。

もちろん、「ヴィーガンになる理由などどうでもいいだろう」という言い分にも一理ある。「重要なのは、その結果だけだ」と。「そもそも、そうしていることだ」と。でも、僕のヴィーガンの知り合いがまさしくぴったりの表現をしたように、「そいつらは一年後にはいなくなる」のだ。

（1）流行の最先端を追う若者や一風変わったサブカルチャーを好む若者。

トレンドというものは、シーズンが過ぎれば話題性がなくなる。服なら捨てられることになるが、生活態度についてもおそらく同じだろう。大切なのは、そのあとまた一緒に追える次のトレンドが現れることだ。ヴィーガニズムもたぶんそうなるだろう。かなり確実に。

なぜなら、結局、大勢の人にとって大切なのはこのことなのだから。一緒に追う。大事なことは、ほかの人の気に入ってもらうことのみ。同じものを追いかける。中身が何であろうが、そんなことはどうでもいい。

大切なのは、一緒にやること。

ただ、それだけ。

9 識字障がい国民

「ドイツ語を学ぶには人生は短すぎる」

こう言ったのはオスカー・ワイルド（Oscar Fingal O'Flahertie Wills Wilde, 1854～1900）だ。オスカー・ワイルドはアイルランド人で、アイルランド人にしてみれば、これは非常に真実味のあるひと言となる。でも、ここで生まれ育った多くの人々まで顧慮《こりょ》していないような感じもする。

とはいえ、その多くの人々は果たしてオスカー・ワイルドについて考えたことがあるのだろうか。正直、彼の名前を聞いたことがあるのかどうかすら怪しいという人がほとんどだろう。

ドイツ語というものはまったく面倒な言語である。でも、豊かな文化的背景をもつ、とても美しい言語だと目されているから、可能性だととらえることもできそうだ。何といっても、この国が長い間、「詩人や思想家の国」と称されてきただけの理由がたくさんあるのだから。

しかし、こんなふうに考えてみたとき、ドイツは果たして、今でも詩人や思想家の国と言えるのだろうか。

僕はそう思わない。

ただし、僕も声や修辞法を過小評価してはならないことは分かっている。これらは魅力的と言える特徴だ。

この点に関して、ドイツ語は一つの妨げとなりうる。たとえば、人間関係において。方言からしてそうなのだ。

最近、知人のクリスティンがカルチャーショックを受けたように。

彼女は、ほぼ正確に一か月前、あるデーティングポータル（デートアプリ）に登録し、数週間前からある男性と、教養に満ち、かつロマンチックな手紙のやり取りをしている。彼女は彼にぞっこんだった。二週間前、彼のことを夢中になって話していた彼女の様子は、僕の記憶にまだ新しい。

でも、この日曜日にカフェオレを一緒に飲みに行ったとき、彼女のノリが少し悪いことに気がついた。何となく、納得がいかない様子なのだ。僕が尋ねて、やっとペンフレンドのことを話し出した。先週、明らかに何かがあったと思われる。

「で、もう会ったの？」と、僕は恐る恐る尋ねた。

クリスティンは、嫌なことを聞くわね、というふうに僕を見た。ノリが悪くなった理由は一つしかない。現実の彼とネットでのプロフィールのギャップが、想像や期待よりも大きかったのだ。よくあることだ。現実の生活よりも、インターネットで見たほうが面白味を増すという人のほうが多いのだから。

でも、問題はそこではなかった。

「今は、まだね」と彼女は言い、気持ちを奮い立たせるかのようにひと呼吸置いた。そして、言った。

「でも、昨日電話で話したのよ」

それは、まるでため息のようだった。

それから、「すぐにでも電話を切りたかったわ」と言うと、言葉を続けるのをためらった。内側から湧き出る抵抗を克服しようとしているかのようだった。それから、言った。

「あの人、方言があるのよ。ひどいザクセン訛りが！」

ひどいザクセン訛り？　僕は興味をそそられて彼女を見上げた。

「どういうことさ」

できるだけさりげなく言ってみたが、内心ではあまりうまくなかったなと思った。

「できれば、もう二度と会いたくない。何言ってんだか、ほとんど分からなかったんだもの。何の話をしているんだかさっぱり見当がつかなかったから、何か間違った受け答えをしちゃうんじゃないかと、ずっと気が気じゃなかったわよ」

（おお！）と、僕は思った。

もう星の王子様の話でなくなったことは明らかだ。どちらかと言うと、「エデカ」(1)の支店長によくいるタイプの男性の話をしているように聞こえた。クリスティンは、僕をじっと眺めながら反応を待っていた。僕の言葉次第では状況がかなり変わりそうだった。

僕はためらいがちに、「言語治療士のところに行ってみるとか？」と言ってみた。そして、同じように黙った。沈黙のなかに逃げ込んだ。

もちろん、「その人の魅力や関心、知性は出身地とは無関係だよ」と言ってあげることもできた。「方言を許容できないなんて、うすっぺらで了見が狭く、自尊心ばかりが強い世界に生きているんだよ」と、言うこともできた。ゲーテだって粗野な方言を話していたんだし。事実、『ファウスト』のなかには、不作法なヘッセン弁でないと韻が踏めない韻文も出てくる。

これらの主張は間違いなくそのとおりなのだが、僕が何も言わなかったのにはそれなりの理由があった。そのとき、正直に言えば、胃のあたりに軽い引きつりを感じたのだ。というのも、こんな想像をしてしまったから。

キャンドルの灯りもロマンチックな夕食のテーブル。何もかも申し分のない夕べ。傍らにいる素晴らしい女性が、僕の手をやさしく握りながら話すきつい方言。話を全部聞いてから、単語の一つ一つを推察しなくてはならないような方言。ゆらゆらとした不安定な流れ。

僕は、引きつりが強くなるのを感じた。

このとき、クリスティンの気持ちがよく分かった。

これは僕にとってプラスになることではない。そのことは分かっているが、女性の魅力をあっという間に奪い取ってしまうものは、どう転んでもやっぱり存在するのだ。そして、きつい方言もその一つだ。

方言は人を惹きつける力を、つまり魅力を低減させる。相対化してしまう。あえて言えば、方言はとても効果的な避妊道具なのだ。

誤解しないでもらいたい。僕はザクセンという地域が好きだ。一五年前に兄がドレスデン

(1)　ドイツの協同組合式小売店。

に引っ越したので、この町にはよく行っている。兄や二四歳の従弟《いとこ》を通じて、ドレスデン生まれのドレスデン育ちという人とも大勢知り合った。でも、誰にもザクセン訛りはない。時折、ほんの少しそれっぽいものを感じるが、それはどちらかと言うと心地よく耳に響くものだ。

ザクセン方言は、確かに慣れるのがもっとも大変な方言の一つである。でも、きついヘッセン方言やシュヴァーベン方言もかなりのものだ。それに、忘れてはならないこととして、標準ドイツ語というのはハノーファー弁なのだ。そして、ハノーファーは、必ずしも世界一素敵な町とは言えない。

僕にもベルリン訛りがある。でも、ベルリン訛りにもいろいろある。僕よりもっと粗野な訛りもある。

数年前、ある女性と初デートをしたとき、彼女の

外国人が多く住むクロイツベルク地区。外国人の話す言葉がドイツ語の変遷に与える影響は少なくない

ベルリン訛りがひどすぎて、事実上、一〇分後にはデートが終わってしまったことがある。それまで僕たちは、メッセージでやり取りをしていただけだった。だから、この意外な事実はものすごいショックだった。

　僕たちはフランクフルター・トーア（Frankfurter Tor）で待ち合わせをして、僕が選んでいたバーまでフリードリヒスハインを一〇分ほど歩いた。デート相手は機嫌よくおしゃべりをし、僕に言わせればかなり大声でもあった。しかも、あのきついベルリン方言で。

　そのなかに、僕は容赦なく放り込まれていた。まさに、なすすべを失っていた。もう何も言えなかった。グリューンベルク通り（Grünberger Straße）を下っている間、僕は何度もこっそりとすれ違う人に目をやっては、知り合いと出くわさないようにと願った。彼女に行き先を言うと、「えー、ゴールドフィッシュバー？　それよりフォイヤーメルダー（火災検知器の意）にしようよ。そっちのほうがビールが安いよ。味も変わりないし。分かるでしょ？」と言った。

　分かった。よ～く分かった。残念ながら、このひと言も付け加えなければならない。

　デート相手のひどいベルリン訛りに、僕はかなり参っていた。それでも、まだ発展の余地はあった。しかも、それは僕が思いもしなかった方向に進んでいた。夜が更けるとともに、彼女の方言には二重表現が現れるなど、正字法的な誤りが継ぎ足されていったのだ。

まあ、こんなふうに言ってみよう。

それは長い長い夜になった。

帰り道、デートをするときには、事前に必ず、その女性と少なくとも一度は話をしようと固く心に決めた。これはよい方法だった。ただし、この戦略も、困惑のサプライズに対しては十分な防御でないことが明らかになる。

二年ほど前、僕はあるバースデーパーティーでものすごく魅力的な女性と知り合った。彼女はアンドレアといい、波長がぴったりと合った。帰り際に電話番号を交換した。そして、そのわずか数日後、彼女からのメッセージがスマートフォンに届いた。ディスプレイに光るアンドレアの名前を見たときは、本当にうれしかった。でも、この喜びは長続きしなかった。**彼女からのメッセージを開けたとき、またあの不快な引きつりを胃のあたりに感じたのだ。**

届いた長いメッセージには句読点が一つもなかった。「なんだ、そんなことか」と思うかもしれないが、このとき僕は、句読点のないメッセージを読むことが、いかに苦痛であるかを知ることになったのだ。そして、それは本当にひどい苦痛ともなりうる。

でも、それはまだ序曲にすぎなかった。その後、このメッセージがスペルミスのオンパレードであることに気づいた。褒め言葉ばかりが並んでいたが、これほど間違いだらけだと、なんだかその効果も奪われてしまうような感じがした。彼女は僕を「興美深い」と思っており、もちろん「再開」を楽しみしていると。文字がだんだんぼやけてくるまで、僕はこのメッセージをぼうっと眺めていた。

もちろん、これはケアレスミスかもしれない。でも、それにしても多すぎる。気がつかないうちにスペルチェッカーが勝手に言葉を入れ替えてしまうという経験が僕にもある。ほんの一瞬、もしかしたら彼女のスマートフォンは別の言語設定になっているのかもしれないと思ったが、それは「藁にもすがりたい」という思いでしかなかった。そして、このメッセージでアンドレアは、単に僕をテストしたかったのではないかという考えも。

友だちにこの話をしたとき、あることに気がついて不安になった。アンドレアは例外ではなかったのだ。このような類いの「識字障がい」は、社会的弱者にしか見られないと思われているかもしれないが、そうではない。これは、社会全体に見られるものだった。どうしてそうなのかは分からない。僕に言えるのは、それが現実だということだけだ。

何かを言うとき、「Dicka」(2)ではじめて、「Alter（「老人」の意）」で終える人が増えているのも、同じ理由なのかもしれない。

本書は、もちろん道徳的な矯正策を狙って書かれたものではないが、それでも一つだけ言っておきたいことがある。

こんなふうに、自分をおろそかにすべきではない。大勢の人が洗練された表現を使えなくなっていることを憂えるべきだ。

語彙が貧弱になってしまったことを。レベルが下がっていることを。

この傾向はこれからもひどくなるだろうし、誤解を恐れずに言えば、そういう人間が多くなるほど、それをおかしいと感じる人が少なくなる。声と修辞法が魅力のしるしであるならば、僕たちはこれからどんどん魅力的でなくなっていくことになる。

つまるところ、こんなふうにまとめられそうだ。僕たちは、もはや詩人や思想家の国には住んでいない。もう、かなり前から。少なくとも、そんなふうに見える。

残念だと言わなければならない。

まったくもって残念だ。

（2） 呼びかけるときに言う言葉。元はハンブルクの方言。「太い」を意味する「Dick」に似た言葉。

10 赤いピルか青いピルか

映画『マトリックス』三部作の一作目に、キアヌ・リーヴス(1)演じるネオが、赤いピルを飲むか、青いピルを飲むかという選択を迫られる有名なシーンがある。観客はもちろん、彼が赤いピルを取ることを願っている。それは、彼の疑問に答えてくれるだけでなく、すべてを解決してくれるピルだ。一方の青いピルは、今までどおりの整然とした生活を約束してくれるものだ。

ネオが選ぶのは、もちろん赤いピルだ。アメリカのアクション映画なのだから当然だろう。でも、自分が『マトリックス』のなかのネオだったら、いったいどちらを選ぶだろうかとふと考えてしまう。たぶん、『マトリックス』のなかの整然とした生活だろう。偽りの安全というイリュージョン。自分だったらどちらのピルを飲むのか、ひょっとしたら、本当に誰も

(1)　カナダの俳優。主な出演作品に『ビルとテッドの大冒険』や『ファイティング・タイガー』などがある。

が一度は想像してみるべきなのかもしれない。ほとんどの人は、きっと青いピルを選ぶのではないだろうか。

偽りの安全を。

「ワールド・トレード・センター」に旅客機が突っ込んだ二〇〇一年九月一一日、僕は何時間もテレビの前で過ごし、翌朝、とても滅入った心持ちで、当時働いていたケルンの会社に出勤した。事態は変わり、この日の影響は計り知れず、分かっていたことは、この先、よい方向に動くことはないだろうということだけだった。

昨日という日は一つの区切りとなった。僕の頭を混乱させたのは、このような認識が僕のオフィスに達していないように見えたことだ。オフィスでは、何事もなかったかのように冗談が交わされ、笑い声が重なっていた。同僚にそのことを言っても、きょとんとした顔をするだけだった。

「どうせ何もできないだろ」

「でも、戦争になるかもしれないんだよ」

「どっちにしても、あいつらは好きなことをやるさ」

この会話だけでも、僕をかなり当惑させた。この同僚は明らかに匙《さじ》を投げていた。また、

日常へと戻っていた。こんな劇的なことが起こったというのに。彼はそのまま進み続けた。ほかの多くの人と同じように。

あれから一〇年以上が過ぎた。そして、今僕たちが生きている時代では、もはや赤いピルの拒否が、赤いピルのフェードアウトが、簡単にできなくなっている。赤いピルを見ること自体、もうなくなってしまったのだ。

ニュースはどんどん重苦しくなるばかりで、新しい悲報が入れ替わり立ち代わりもたらされる。ひっきりなしに真実が明るみに出る。いろいろなつながりがどんどん明らかになる。でも、これらはどうやら氷山の一角にすぎないようだ。

もちろん、エドワード・スノーデン(2)の功績もある。でも彼は、これ以上、真実を明かさないでいることに良心が耐えられなくなったがゆえに犯罪者にされてしまった。彼が払った代

(2)（Edward Joseph Snowden. 1983〜）二〇一三年、アメリカ政府の「大量監視システム」が暴かれ、世界が激震した「スノーデン事件」。当時二九歳であったスノーデンは、自らの危険を顧みず、アメリカ政府があらゆる通話、ＳＭＳ、メールを秘密裏に収集しようとしていることを告発し、世界最強の諜報組織・ＮＳＡとＣＩＡを敵に回した。スノーデンが、いかにこのシステム構築に手を貸し、なぜそれを暴露しようとしたのかについて初めて語る自伝『スノーデン独白――消せない記録』（山形浩生訳、河出書房新社、二〇一九年）が発売されている。

償は大きい。数年前、ホルスト・ケーラー（Dr. Horst Köhler, 1943〜）元ドイツ連邦大統領も、戦争をする理由について話して同じような目に遭った。戦争をするのは、経済的な利益のため、資源や資源へのアクセスを守るためだと言ったのだ。

これは、そのときちょうどクリミア半島で起こっている事態に対する説明でもあった。ケーラー元大統領は、不都合な真実を公言し、僕たちが都合のいいように思い描いている、秩序だった社会のイメージを崩してしまったのだ。「僕たちは、ほら正義の味方でしょ」というイメージを。

彼に求められた代償は、メディアからの非難だった。センシブルな彼はすぐに耐えられなくなり、辞職した。その後任がクリスティアン・ヴルフ（Christian Wilhelm Walter Wulff, 1959〜）だが、彼にもまた、

国会議事堂

まったく別の問題があった。

クルト・トゥホルスキー(3)がかつてこんなふうに言っている。

「ドイツでは、汚辱《おじょく》を指摘した人間のほうが、汚辱をしている人間よりもずっと危険だと思われている」

明らかに、これはドイツだけに言えることではないようだ。

でも、今ではこれよりさらに一歩進んでいる。エドワード・スノーデンがノーベル平和賞候補に推薦されたとき、ジャーナリストである友人のダーヴィトが言った。

「これは面白い。バラク・オバマもノーベル平和賞をもらってるだろ。スノーデンがもらえば、一人の平和賞受賞者が別の受賞者を狩るっていうグロテスクなシチュエーションになるぜ」

とても矛盾しているように聞こえるが、このような相関図は、現在の倫理的状況をもっとも端的に説明していると言えるかもしれない。

（3）Kurt Tucholsky（1890～1935）ドイツのユダヤ人風刺作家、ジャーナリスト。主な作品に『ヴァイマル・デモクラシーと知識人』（野村彰編訳、ありえす書房、一九七七年）『ドイツ世界に冠たるドイツ』（ジョン・ハートフィールド写真、野村彰訳、ありな書房、一九八二年）などがある。

たとえば、ファーリン・ウアラウプ(4)があるインタビューで言っていたのだが、彼はもう数年前から日刊新聞を読んでいない。それよりも、週刊の〈エコノミスト〉を読むほうがよいという。イギリス発のこの経済誌は、世界政治の関連について、もっとも包括的かつ納得のいく説明をしているようだ。これは、僕向けかもしれない。

とはいえ、この世の中がどのように操作されているのかについて知れば知るほど、また経済と政治がどれほど深く絡み合っているのかを理解するほど、このテーマは制御し難いものになっていく。次々と新しい疑問が湧いてくるし、どの答えも「腑に落ちない」ものであることにすぐに気がつく。

何かをしなければ、という気持ちになる。誰にでも、何かしらできることがある、小さなことでも何かできる、などとよく言うが、あるつながりが見えてくるほど自分が感じる無力さは増していく。自分には、ものを動かす力が何てないんだ、と思ってしまう。

僕たちには、国民の関心を理解し、代弁してくれる政治家がとても必要だと感じる。今やそんな時代だというのに、聞こえてくるのは、政治が国民からいかにかけ離れた存在となってしまったかを示す例ばかりだ。

ドイツ国民の八八パーセントが遺伝子組み換えトウモロコシの栽培に反対しているのなら、

選出された国民の代表者たちは、その輸入に反対するべきだろう。それなのに、彼らは棄権票を投じることによって間接的に賛成している。これは現実に起こっている風刺であり、しかも悲劇的なバージョンである。

もちろん、ここでは国民が政治への信頼を失ったわけではないことを追記したい。国民が信頼しなくなったのは政治家だ。選挙に行かない人の多くは、一生同じ政党に投票し続ける多数の有権者よりも、政治に対して高い関心をもっている。**政治への倦厭《けんえん》はない、あるのは政治家に対する倦厭だ、とも言われている。国民は人間性に落胆しているのだ。**

さらに、ここ数年間の経済的な展開が、僕たちをより一層諦観《ていかん》する環境へと追い込んだ。問題は、プロであるにもかかわらず、問題に対処するだけの力がないという政治家の能力不足だ。政治家の権威は地に落ちるばかり。もう、あとはない。事前に行動を起こすことはなくなり、事が起こったあとに対応するだけ。被害を抑えるだけで精いっぱい。すでに事の進展に対してなすすべがなく、ただ立ちすくんでいるだけなのだ。

（4）（Farin Urlaub, 1963〜）ドイツのロックミュージシャン、写真家。

そう考えると、ケルン時代の同僚のことも何となく理解できる。あれは、政治家の人間性やプロフェッショナル性に対する信頼を失ったときに「ちょっと引く」という、自然なリアクションだったのだ。

そういう人間は側にいなくていい。そういう人間は避けて通るものだ。だが、残念ながら、わが国の運命を左右する立場にいるのがそういう人間なのだ。

何か手を打つ必要があることは明白だ。責任感の強い市民として。そして、民主主義におけるしかるべき手段とされているのが選挙である。

前回の国会議員選挙の結果を見たとき、僕は直覚的に、すぐに再選挙が行われると思った。大連立でしか政権能力がないことが明らかだったからだ。とはいえ、大連立は麻痺を意味する。大連立は大いなる妥協だ。動きが取れなくなる。経済と政治の関連についてかなり深く考えると、そう思わずにいられない。

だが、身動きの取れない状態を政治が選択するとなると、本来なら行動が必要な今、これはよい兆候とは決して言えない。大連立は政治の無力さの象徴、非力の象徴なのだ。僕はキリスト民主党にはまったく共感していないが、正直に言うと、それでもまだキリスト教民主党が多数を占めたほうが大連立よりはマシだと思っている。

ただ待っていても問題は何も解決しない。何より、今の時代は。

ナイーブかもしれないが、僕はよく、スウェーデンのようにうまく機能している国民経済システムをどうしてドイツは導入しないのかと疑問に思う。それには、もちろん、それなりの代償を支払わなくてはならない。たとえば、税金の引き上げとか。そしてこれは、誰も支払う準備のない代償である。誰もみな、自分が一番かわいいのだから。

『マトリックス』のなかで、ネオが赤いピルを選んだときにも代償はあった。彼は、その選択が引き起こした状況のなかで生きていかなければならなくなった。この代償を支払うだけの準備をしている人はそれほど多くないだろう。これは、かなり確かなことだと思う。僕たちはエゴイストであり、これは僕たちが生活しているシステム、つまり資本主義の本質に見られる特性だ。生活という名のニッチに引きこもり、残りの世界をフェードアウトさせる。東ドイツもそんなふうに機能していた。

モリエール(5)は、かつて次のように言っていた。

「私たちの責任は、自分が行ったことのみでなく、行っていないことにもある」

（5）（Molière、1622〜1673）フランスの俳優、劇作家。P・コルネイユ、ラシーヌと並ぶフランス古典劇三大作家の一人。

これ以上、うまい言い回しはないだろう。何かが変わらなければならない。僕たちは、何かをしなくてはならない。自分の限界を飛び越えなければならない。僕たちは、消費者という役割のなかでそれなりの力をもっている。そして、その力は過小評価できないものだ。

供給を決定するのは需要だ。みんなが肉を食べなくなればマーケットは変わる。ヴィーガンの流行がその好例だ。突然、みんながヴィーガンとして生活するようになれば、経済はそれに反応せざるを得なくなる。何かを変えざるを得ないのだ。

でも、僕たちはディスカウンターランドに生きている。僕たちにはディスカウンターメンタリティが染みついている。これを捨てなければならない。食事でも、家具でも、電気でも、服装でも。

催し物でにぎわう週末のアレクサンダー広場

安い製品は、誰かが搾取されているからこそつくれるものだということを、僕たちは知っている。そして、その認識が僕たちを共犯者にしてしまう。これは、あまり気分のいいものではない。良心にやましいところができてしまったのだから。そして、多くの人にとって問題となるのが「ここ」なのだ。やましさのない良心。だから、ドイツ人はクリスマスになるとたくさんの寄付をする。問題を側にたぐり寄せることなく、自分の良心を鎮めることができるからだ。

でも、いくら無視をしても、問題は存在する。そして、問題は無知によってさらに拡大する。

これは、未払いの請求書を無視することに少し似ている。まず催促状が届き、次に警告が、そして最後には取り立て屋がやって来る。最終的に支払う金額は、支払うべきだった元の金額より高くなる。しかも、かなり。

もしかしたら、僕たちは一度、自分はどちらのピルを飲もうとするのかについて本気で考えてみるべきなのかもしれない。すべてを解消し、行動せざるを得なくする赤いピルか、何もかもが整っているように見える道を歩ませる青いピルか。ほとんどの人が青いピルを選ぶことだろう。

でも、何たることか、今はすでに赤いピルの時期なのだ。

問題は、僕たちがその代償を支払う準備があるかどうか、ということのみだ。目を覚ましたいのか。そして、何よりも、行動を起こす準備があるのか。

なぜなら、肝心なことはこれだけなのだから。

行動を起こすこと。

11 インターネットに費やす労力

この一五年間が僕をどのような人間にしたのか、折に触れて気がつく。そして僕は、以前の僕からすれば、ほとんど想像もつかない人間になった。到底、誇りにできそうにない人間に。

先週もそんなことがあった。僕の世界をグラグラと揺さぶる出来事が。

金曜日の朝、何も思うことなくいつもどおり机に向かい、コンピュータのスイッチを入れた。あの「ウィーン」という心地よい音を軽く立てながらコンピュータが立ち上がったとき、僕はさっき机に置いたばかりの湯気を立てているコーヒーカップを手に取り、鼻先まで持ち上げて、その香りを深く吸い込んだ。これは、僕にとって一種の儀式である。こんな瞬間に寛ぎを感じる。

すべてが調和していた。心の中にゆったりとした心地よさが広がっていくのを感じた。何とも無防備で、傷つきやすい瞬間。あまり喜ばしくない瞬間。何しろ、そのわずか数分後に状況が一変したのだから。でも、このときの僕は、そんなことは知る由もなかった。

上機嫌でメールを開けると、受信トレイには新しいメールが一通も入っていなかった。まずないことだ。驚いてブラウザーを開くと、すべてを変えてしまったあの恐ろしい一文が目に飛び込んできた。


「インターネットに接続できません」


この瞬間、動揺に襲われた。いや、この表現は少し違う。それはまるで臨死体験のようだった。まな板の鯉。自分の一部が欠乏している感じ。世界から切り離されてしまった。生活から切り裂かれてしまった。少なくとも、そんなふうに感じた。

僕はまず、可能な範囲で対応し、機器に問題が出たときにいつもやっていることを行った。まず、待つのだ。それから、何回かブラウザーを開いては閉じてみた。コンピュータの電源を切って、また入れる。でも、役に立たない。あの恐ろしい一文が消えない。それどころか、どんどん強烈になるばかりだ。僕をあざ笑っている。人生に起こる多くの事柄と同じ。いつも待ってばかりというのは、役に立たない。

それでも、待っている間に、普段の生活における大きな部分がインターネットのなかで行われていることに気づいた。つまり、この技術にどれだけ依存するようになってしまったのか、ということに気がついたのだ。気分のいいことではなかった。こんな瞬間に、僕は映画『マトリックス』や『ターミネーター』が本当に言わんとしていることを悟る。

逃亡者狩りやあらゆる類いの暴力の背後に隠れている、もっと深い意味を悟る。テクノロジーが僕たちに攻撃を仕掛けるほど強力で、制御不可能になったとき、どんなことが起こりうるのかを。

でも僕は、同時に自分がネオでもなくジョン・コナー(1)でないことも悟る。おそらく僕は、映画の冒頭にちょっと長めの対話シーンがあったとしたら、それが終わったあとすぐには死なないという程度の、幸運に恵まれた登場人物なのだろう。要するに、いつまでも生き残ることができない役回りなのだ。

僕はモニターを凝視した。家の無線ＬＡＮは受信しているから、コンピュータやモデム、あるいはルーターに原因があるわけではない。プロバイダーに何か技術的な問題があるにちがいない。

と、分かったところで、状況がよくなるわけではなかった。

(1)　映画『ターミネーター』の登場人物。子どものころから機械に強かった。

僕には、どうしても電話をかけたくないという相手がいる。インターネット会社や電話会社もそのなかの一つである。そんな会社に電話をかけると、自分の無力さが身に染みてくる。そんなとき僕は、フランツ・カフカ(2)の小説に出てくる、ある登場人物になる。不透明で、極めて強力で、制御不可能かつ抽象的な管理機構の手に命運を握られており、最後にはそのせいで壊れてしまうような人物。

そういう点で、カフカの文章は現代をとても鋭く先取りしている。

間違わないように、僕は慎重にホットラインの電話番号を押した。そして、たった一回の呼び出し音のあとに女性のフレンドリーな声が聞こえてきたので、かなり驚いた。何か言おうとしたのだが、その声は意に介することなく話し続けた。

僕はコンピュータ音声と話していたのだ。彼女は僕の電話を喜び、スタッフとの会話が録音されると説明した。

それから、こう言った。

「ご相談窓口とおつなぎしますか？　その場合は、ハイとおっしゃってください」

「ハイ」と、僕は声が途切れたあとに言った。

「何とおっしゃったか分かりません」と、フレンドリーな女性の声が言う。

「ハイ」と、僕は強く言った。

「何とおっしゃったか分かりません」と、さっきよりもっとフレンドリーに聞こえる声が繰り返された。

僕は正直、厳しい忍耐の試練にさらされているような感じがした。

「ハイ!」、受話器に向かって叫んだ。

どうやら僕は、今まさに、これまでひっそりとまどろみ続け、ちょうどいいきっかけを待ち続けていた「痼癪もち」が、僕自身のなかにいることを発見しようとしていた。そして、痼癪もちは、そのきっかけを今まさに見つけたようだった。

痼癪もちが、僕に手を差し伸べてくれた。この痼癪もちは、少なくとも何かしらの満足感を得ようとして、女性の声に向かってもっと何かを言ってやり、その声を侮辱《ぶじょく》し、貶めようとしていたようだ。

でも、痼癪もちは、そんなことをしても何の役にも立たないことを知っていた。それは、

（2）（Franz Kafka, 1883〜1924）チェコ生まれのドイツ語作家。代表作に『変身』（高橋義孝訳、新潮文庫、一九八五年）『（カフカ小説全集1）失踪者』（池内紀訳、白水社、二〇〇一年）などがある。

結局、コンピュータ音声でしかないのだから。それに、電話口から聞こえてくるやさしい音楽にもなだめられた。

待機中の音楽は、とても心地よかった。もうすぐ、それを嫌悪するようになるとは、そのときは思いもしなかった。

一つの単調な音楽を三〇分間も聞き続け、それに加えて、二分おきに「まもなくスタッフにおつなぎします」と約束する声を聞いていると、かなりの憎悪を抱けるようになるものだ。体感時間にして三時間もこうして過ごしたのではなかろうかと思うころに、やっとのことで本物の人間の声を聞いたときにはびっくり仰天して、いったい何を言おうとしていたのかすっかり忘れてしまったほどだ。

でも、大丈夫だった。その女性スタッフは、まず自己紹介からはじめたからだ。対応してくれたのはグラボシュさんだった。

「どうされましたか？」

僕は、何やらモゴモゴと話した。相手の想像力が豊かでさえあれば、インターネットが問題であることに気がついてもらえそうな話し方だった。

「まず、あなたの契約番号を教えていただけますか」と、グラボシュさんが言う。

（まずい）と、僕は思った。

何の準備もしていなかったのだ。

僕は、契約書や銀行口座の勘定表など、仕事に関するあらゆる書類をひとまずどこかに積み上げておき、納税の申告をするときにようやくそれらを整理するという類いの人間に属している。そのため、書類のありかは、おおよその見当しかつかない。それを見つけるまでグラボシュさんが待っていてくれるとは思えず、僕はパニックに陥った。

そして、「今、手元にないんですが……」と、オロオロしながら言った。

「大丈夫ですよ。では、お名前とご住所、生年月日を教えていただけますか」

僕はほっと息をついて、小学校低学年の生徒のようにそれらを暗唱した。

ブランデンブルク門。東西統一のシンボルとして、デジタル時代にも人気の場所

「お名前とご住所は合っていますが、生年月日が違います。身元の照合ができないと、何もお手伝いができないのですが……」

決定的な響きをもった言葉だった。

とりあえず電話番号を伝えてみたが、もちろん何の役にも立たなかった。グラボシュさんにはグラボシュさんの決め事があって、そこから逸《そ》れることがなかった。結局のところ、グラボシュさんはドイツの企業で働いている人間なのだ。

僕は、きちんと機能するインターネット接続が仕事に欠かせないことを説明したが、もしかしたら、少しばかり感情的になっていたのかもしれない。

「絶対に！」と、僕は強く言った。

「そうなんですか。それなら、どちらにしても私ではお役に立てません。技術サポートに連絡してください。こちらでは何もできません」

「つないでいただけませんか？」

「いいえ、できません。でも、番号はお教えできます」

僕は番号をメモし、グラボシュさんに丁寧にお別れの挨拶をして電話を切った。切れたあとも、スマートフォンを数秒ほど耳に当てたまま、静寂に耳を傾けていた。こういう構図がたぶん、今の感情的なシチュエーションをかなり正確に表していると思ったからだ。

それから僕は、電話を無造作に机の上に置き、契約書を探しはじめた。自分が明らかに、ものすごく整理整頓のできない人間だということに気づくまでに一時間近くかかった。書類の山は一つではなく三つあった。やっとのことで契約書が目の前に現れ、教えてもらった電話番号に電話をかけた。

それは、まるでデジャヴ(3)だった。フレンドリーなコンピュータ音声、終わりのない待ち時間に奏でられる音楽、もうすぐ手の空いたスタッフにつながれるという控えめな通知。『マトリックス』三部作の一作目で、キアヌ・リーヴスも似たような経験をしている。一匹の黒猫が、二度続けて玄関の近くを通るのを見るのだ。わけも知らずに戦友の女性トリニティにそのことを話すと、彼女はこう言う。

「デジャヴはマトリックスのなかではたいていバグなのよ。彼らが何かを変えると、起こることがあるの」

「彼らが何かを変える」ということが何を意味するのかは、そのあとすぐに明らかになる。

(3)　初体験の事柄であるはずにもかかわらず、同じようなことを体験したかのような感覚に包まれること。

全員が銃を引き抜き、そしてかなり早く、多くの人間が死ぬ。今なら、そんな雰囲気もとてもよく実感できる。

技術サポートの男性も、すぐに自分に何もできないことを悟った。

「ケーブルの故障ですね。少し時間がかかるかもしれません」

「時間がかかる？　どのくらいですか？」

「分かりません。すぐに復旧するかもしれませんが、明日までかかるかもしれません」

「明日まで⁉」と、僕は取り乱して叫んだ。

すると彼は、「明後日かもしれませんけど」と、少しリラックスしすぎではないかと思えるような口調で言った。

「すみません。でも、私にはどうすることもできなくて」

「ダメですか……」

「とにかく明日、直っていなければもう一度電話をください。では、失礼します」

電話が切れた。

今ここに武器があったなら、と願った瞬間だった。ただ待つしかないということが分かるまで、三時間近くかかったのだ。「まな板の鯉」であることが分かるまで。依存していることが分かるまで。

助けがいるときにはいつも忍耐が必要なのに、当の相手は、毎月きっちりと請求額の支払いを確認するときにわずかの忍耐も見せないことが分かるまで。

こんな瞬間に、人は根本的な問題について考え出す。本当に、これほど自分で何もできなくてよいのか、依存しなければならない状態でよいのか、と。

スマートフォンもしかりである。スマートフォンなしで、かつてどうやって生き延びてきたのだろうかと、笑いながら話したりする。でも、僕はもう笑わない。スマートフォンが手の届くところにないと中毒症状を起こす人々を僕は知っている。命にもかかわる大切な器官を切り取られてしまったかのように。

彼らはナーバスになり、イライラし、攻撃的になる。もしかしたら、一種の幻影さえ感じているのかもしれない。彼らを見ていると、『トレインスポッティング』[4]のあるシーンを少し思い出す。ユアン・マクレガー[5]が部屋の中に閉じ込められて、コールド・ターキー（禁断症状）に苦しむ場面を。

（4）ヘロイン中毒の若者たちを描いた、一九九六年のイギリス映画。

（5）スコットランド出身の俳優。テレビ、舞台、映画に多数出演。

もちろん、本当の影響は数年後にならないと分からないが、今でもすでに携帯中毒が存在することを示す研究結果がいくつかある。オンラインにアクセスできないと、自分のどこかが欠けているような気がすることを示す研究結果が。

以前の僕なら、どんなふうにそれを受け止めたかなと想像してみる。

映画『マトリックス』が上映された年、つまり一九九九年のミハエル・ナストならどんなふうか、と。

たぶん、今の僕たちをあざ笑ったことだろう。

いや、間違いない。

きっと、気の毒そうに笑ったはずだ。

12 「最後のログイン日時」の意味するところ

子どものころは、何事も簡単だった。テレビで『ザントメンヒェン』(1)を見たあと、続けて『セサミストリート』を見ることも許され、それを満喫してからベッドに入った。今では、「砂男」はカルト的なキャラクターになっているが、僕が親しみを感じていたのはセサミストリートのほうだ。支離滅裂なグローバーや無法者のアーニーのほうが、シュナッテリンちゃんやフックス氏、そしてエルスター夫人(2)より何となく好きだった。

番組の最後には、いつも砂男が袋から「眠り砂」を取り出して、あたり一面にまき散らそうとする。そうすると僕は、居眠りをすることなく『セサミストリート』を最後まで見ようと、いつも両目を押さえたものだ。

『セサミストリート』では、一度、幼い僕の印象にもよく残るエピソードを見たことがある。

(1)　砂男。子どもたちの目に砂を撒いて眠らせるという伝説の人物。旧東ドイツの子供向けテレビ番組。
(2)　『ザントメンヒェン』に出てくるアヒル、キツネ、カササギのキャラクター。

主人公がアーニーだったかグローバーだったかは覚えていないが、それはまあ、どちらでもいい。印象に残っているのは、このエピソードに秘められた深い真実であり、それは今もなお胸に突き刺さっている。

アーニーが、約束をした友だちのアパートの前に機嫌よく立っている。呼び鈴を鳴らすが、友だちは出てこない。どうして約束を守らないのかとブツブツ言いながら、彼は何度も呼び鈴を押す。そして、ああじゃないか、こうじゃないかと、いろいろと考えをめぐらす。その思考は、どんどん馬鹿げた方向へと流れていき、独り歩きをしはじめる。二人の友情の裏に何かがあるのではと勘繰り、ネガティブな推論が次から次へと出てきて、ついには激しい非難だけが渦巻く。

いつの間にか、アーニーの友だちはかなり鼻持ちならないやつになっていたようだ。ようやくドアが開くと、怒りがぶちまけられ、アーニーは怒鳴り散らして絶交を宣言し、相手に何も言わせず、その場を去る。友だちはあっけに取られて彼を見送っている。何が起こったのか、わけが分からない。

こう言ってみよう。僕は、アーニーのようなのだ。

争いがかなり苦手な僕は、物事をはっきりさせる類いの会話をよく先に延ばしてしまう。まずは様子を見たいのだが、その間、相手が本当のところどのように考えているのか、あるいはどのような行動に出るだろうかなど、いろいろなシナリオが頭の中で渦巻き、どうにも止められない。

たいていの場合、それは僕を不安にさせるシナリオなので、僕はまた対話を後に後にと延ばすことになる。それでも、いつか話をするときが来ると、僕の憶測の多くがまったく間違った方向に向かっていたことが明らかになり、毎回とても安堵する。

そうと分かっていても、いつも同じことを繰り返す。**これは、ほかにもっといいやりようがあると分かっているのに、繰り返しやらかしてしまう失敗の一つだ。生まれつきの性分は、どうしても変えることができない。アーニーのように。**

そして、何と言おうか、アーニーと僕は例外ではなかった。他人がとる行動について、本人に尋ねることなく、自分で勝手にあれこれ想像する。これは広く流布している現象だ。**そして、あまりにもいろいろと考えすぎると、どうしてもネガティブな推論に陥ってしまう。これは、たぶん僕たちの天性なのだろう。**

「他人が何を考え、何を感じているかは分からない。僕たちは、他人の行動を勝手に解釈し、自ら考えたことにむっとしているのだ」

　誰が言ったのかは知らないが、とても真実をついた一文である。そのように見てみると、僕たちが頭の中で考えていることとは、他人というより、自分自身のことを指しているようだ。それは、自分自身を映し出すスクリーンにすぎない。とても啓発的と言える視野だ。そして、自分の推測をこういう観点から見ることは、確かに役立ちそうだ。

　僕は、このような視野の転換が必要な男性を知っている。先日、その彼は「愛する女性と今晩話をして、決着をつけなければ」と話し出した。それは、彼の一方通行の恋だった。

「もうだめだ。別れ話になると思う」

「ええっ⁉」と、僕は驚いた。「どのくらい付き合ったの？」

「う、うん」と、彼は口の端を痛々しげに引きつらせながら、「実は……全然」と言う。

「ええっ！」と、僕はさらに驚いた。

　彼は、その女性が自分をどんなふうに弄んだかを話した。恋焦がれられていることに自尊心をくすぐられている彼女は、彼をいつも射程内に留めておき、期待を抱かせた。でも、態度をはっきりさせることはない。よい気分に浸りたいために、わざと彼を苦しませた。ひょっとしたら、精神を病んでいるのかもしれない。

彼はさらに、知り合って八か月になるのに、まだキスすらしたことがないと言う。

「つまり、まったく付き合っていなかったけど、別れ話になるんだ」

「ちょっと違うよ」と彼は口早に言ったが、それはある意味、本当でもあった。彼の片思いは、彼の頭の中で思い描かれていただけだったのだ。八か月間。八か月の間、相手の彼女は彼のことを一緒にいて楽しい仲間としか見ていなかったが、そんなこととはつゆ知らず、彼は苦しみ続けた。

僕は、彼女に同情さえ覚えた。彼の鬱積した怒りが、きっと彼女に投げつけられることだろう。彼女はびっくり仰天するだろう。でも、そんな出来事を彼女は知る由もない。

「それについて話をしたことはあったの？　つまり、付き合うってことについて」

彼は唖然として僕を見つめた。

そして、「いや」と言ってから、強い口調で言い放った。「でも、二人の間には何かあるっていつも感じてたから」

あやふやに僕は頷いた。その女性が、そういう性的な期待を感じていたかどうか、やはり疑問に思えたからだ。何もかも、大きな勘違いだった。

僕の知人は、多くの人がやらかす過ちを犯していた。みんな自分を基準にして他人の気持ちを推量するのだ。

自分だったらこうするという考えがあるから、人も自分の気持ちを理解し、分かってくれるはずだと思い込んでいる。でも、このとき、完全に見落としていることがある。他人は自分ではない、ということだ。二人の異なる人間なのだから、やはり、このことはきちんと考慮に入れるべきだ。彼には、明らかにこの考慮が欠けていた。

僕は少し考えてから、八か月の間に彼自身がつくっていった自己心理についての仮説をよく理解するために、「少し視点を変えてみてはどうか」と提案した。もしかしたら彼は、自分のエゴを傷つけるネガティブな決定をしたくないために、それを避けようといろいろ考えるのかもしれない。要するに、はっきりしないまま過ごす八か月間と、はっきりするほんの一瞬と、どちらの痛みが大きいかということだ。

多くの人は、最後までどうしても希望を捨てることができず、はっきりさせないほうを選ぶのではないだろうか。そして、今まさに恋をしているなら、当然それは、相手のことをたっぷりと考えるだけのいい機会となる。そうすれば、孤独感に陥らずにすむ。

ああ、そうなんだ。**僕たちは傷つきやすい生き物であり、何より、恋愛中に一番傷つきや**

すいのだ。

最近会ったある女友だちが、とても分かり合える男性としばらく前からデートを続けていたが、彼とコンタクトを取るのをやめざるを得なくなったと言う。

「月曜日のことよ。彼の誕生日だったの」

「わお、なんてセンシブル」

「でも、ちゃんと理由があるのよ」と、彼女は憤慨しながら言う。「その日、彼にお祝いの電話をしようと思っていたの。でも、その朝にスマートフォンを見たら、彼のほうからすでにＳＭＳが届いていたのよ」

「なんて書いてあったの」

「お祝いのメッセージをありがとうって。私まだ何も送っていなかったのに。で、今日も週末も会えなくてごめんねって」

「あらあら」

「でしょ。だから、『あなた、これですべて台無しよ。じゃあね、元気でね』って書いてやったの。それでおしまい」

「で？　彼はなんて答えてきたの？」

「何も。反応ゼロよ。今日まで」

「でも、それって、何かの誤解だったかもしれないじゃないか。そういう可能性はいろいろあるだろ。どうして電話をしなかったの？」

「誤解の余地なんてないわよ！　ほかに女がいるのよ」と、彼女は大声を出した。

「でも……」

「ううん」と、彼女はきっぱり言った。

彼女の心理が表れているこの行動について、僕は自分で考えることも、彼女に聞くこともやめておいた。慎重を期して。

ＬＩＮＥやＳＭＳメッセージを使ったコミュニケーションで生じる大きな問題がある。それは誤解だ。恋する男性が彼女にメッセージを送る、その送り方について、僕はこれまでに何度か自分なりの解釈を施してきた。

夏の初め、僕はある女友だちと話をした。そのとき、会ったこともない一人の男性と、自分の友だちよりも長い時間、一緒に過ごしたような気分になった。彼女との長い長い話のあと、その男性はやはりかなり社会性に欠けているという結論に達した。

でも、ひょっとしたら、彼女の話を通じて知ったこの彼は、本当はそんな人ではないかもしれない。それでも僕は、彼女に向かって、「彼とはもう会わないほうがいい」と言った。そんな振舞いをする人間は、ろくでもないやつだろうから。

それだけに、この二人が数週間後に寄りを戻したときに僕はかなり驚いた。

その後、僕は彼と実際に会うことになった。彼はニコラスといい、感じは悪くなかったが、僕が彼のことについて頻繁に話していたことを知っていたらどうしよう、という不安が頭の隅にあった。それを知ったら、彼の彼女に対するイメージはどのくらい変わるのだろうかとも考えた。おそらく、彼はかなりびっくりするだろう。

付き合いだしたとき、二人はもう少し電話で話をすればよかったのだ。そうすれば、僕たちみんながもう少しエネルギーを節約することができたはずだ。

バーチャル世界を抜け出して、カスタニエンアレーのカフェでおしゃべり

でも、今の時代、電話はほとんどしなくなった。みんな書く。そのほうが確実だ。少なくとも、一見は。返事も、考えながら書くことができる。何か間違ったことを言ったり、ふと場違いな反応をしてしまったりという危険も回避できそうな気がする。それより、包括的に解釈できるメッセージを送るほうがいい。

問題は、このような類いのコミュニケーションにある距離感だ。これは、必ずしも互いの距離を縮めるものではない。

このような類いのコミュニケーションは、仮説の創作に理想的な温床となる。このようなメッセージには、解釈の余地が残されるだけでなく、受信者が最後にログインしたのはいつか、あるいはメッセージをすでに読んだかどうかが分かるようになったこともそれを助長している。

今のコミュニケーションでは、透明性は高まったが、これは逆にデメリットとなる。「最後のログイン日時」が今の社会で重視されていることを思うと、やはり不安だ。そして、メッセージが既読になっているのに返事がないときなどは、かなり多くの人が「あれこれ」とネガティブな解釈をすることになる。僕たちは、自分で考え出した仮説に振り回されているのだ。アーニーのように。

今、家にはテレビがない。一年ぐらい前からニュースもほとんど見ない。ニュースを見ると心が締めつけられるし、何となく報道も信頼できなくなっている。ドイツ国営テレビZDFが流しているオンラインメディアの風刺ニュース番組「ホイテ・ショー（heute show）」は見るが、実はこれはお笑い番組である。それでも、僕にとっては信頼できるニュースソースだ。政治家の無能ぶりや身勝手を可視化するだけでなく、誤解や恥部まで可視化しているからだ。

最近、ギュンター・ヤオホ(3)のトークショーを見た。そこでは、プーチンについて話をしていた。ちょうど、彼についてどこでも話している時期だった。

ゲストは、自分が思い描いていることを話している。歩み寄りはない。すれ違いの対話を見ていた僕は、ウラジーミル・プーチンに関するこのトークショーと国際政治がいかに似通っているかということに気づいた。出席者は、彼についていろいろと考え、仮説を打ち立て、それに基づいた結論まで出している。それは、もう対話と言えるものではなかった。彼について話すことだけが目的となっていた。

（3）（Günther Jauch）ドイツの司会者、エンターテイナー、ジャーナリスト。

みんな、彼についての考えが自分にとって真実になるまで、いろいろなことを考え抜いていた。

友だちがやっとのことでドアを開けたとき、その友だちを大声でなじったアーニーのようだ。アーニーは真実に反しながら怒鳴っている。自分の想像を完全なものにしてくれたり、すべてを溶解させてくれたりする真実には見向きもしない。友だちと話すことに背を向けている。

アーニーの感情爆発を国際政治の舞台に置き換えたらどうなるのだろうか。考えたくもないことだ。でも、そうなったとき、勝者はいないと思ってよいだろう。

そういうときには、話し合うことが大いに役に立つ。大まかでも、微に入り細に入りでも。

そう、お願いだから、みんな話をしよう！

13 インスタグラム・フィルターのかかっていない生活

ベルリンのＵバーン（地下鉄）は、まるでそこに万物の理論が照らし出されているとでもいうように、スマートフォンをじっと見つめ続ける人でいっぱいだ。そんな人を見ると、僕は映画『バードマン あるいは（無知がもたらす予期せぬ奇跡）』(1) のなかでエドワード・ノートン(2) が叫んでいるシーンを思い出してしまう。

「おい、みんな、そんな情けないことしてんじゃない！　スマートフォンから世界を見るなんてこと、やめろよ！」

同感する以外に、ほかには考えられない意見だ。本来は。というのも、何と言おうか、僕もその人たちと同じなのだ。

Ｕバーンに乗り込むや否や、僕はその衝動を感じる。それはとても強い。視線がすぐに手

（１）二〇一四年公開のアメリカ映画。過去の栄光を取り戻そうとする俳優を描く。
（２）（Edward Harrison Norton, 1969〜）アメリカの俳優、映画監督。『真実の行方』などに出演。

の上に落ち、コードをタップしようとしてしまう。「パブロフの犬」の条件反射[3]と言ってもよい。でも、僕が利用しているモバイル通信網は、まだベルリンのUバーンのなかにまで張りめぐらされていないため、移動している間はほとんど受信できない。**地下に潜るや否や、僕は世界から、あるいは生活から隔離されてしまったような気がする。そして、これはかなり啓発的な気づきだった。**

つまり、こういうことだ。僕たちの多くは、実質的に二重生活を送っている。「現実」と「バーチャル」という二つの世界で動いているのだ。スマートフォンのディスプレイで見ているのは、フィルターを通した世界だ。フェイスブックやインスタグラム、あるいはタンブラーという名の、僕たちの視野をゆがめるフィルター。ソーシャルネットワークでは、いろいろな生活のハイライトが「これでもか」と雪崩打ち、楽しいひとときだけを選んで貼り並べられたフォトアルバムを見ているようだ。そんな瞬間を見ていても、現実を想像することはできない。

多くの人から自分の生活のハイライトだと捉えられているもの、あるいは友だちに見てもらいたいと思っているものの訴える力はもちろん大きい。自分の人生は、今、動いているんだ、刺激的なんだ、と。それはたいてい食べ物であり、きれいに俯瞰撮影されている。それからペットの写真。そして、何といってもセルフィーだ。中くらいの劇的事件。

正直なところ、僕がとくに持て余しているのがこのセルフィーだ。どの写真を見ても、鏡の前で何か月も表情づくりの練習をしていたような顔に見えて仕方がない。生活とは何のつながりもない表情。僕は、スナップ写真のほうがいいと思う。

一番いい写真は、知らないうちに撮られた写真だ。そういう写真は、いろいろなストーリーを語ってくれる。生身の人間から遠ざかってポーズをアピール

(3)　旧ソ連の生理学者イワン・パブロフ（一八四九～一九三六）によって発見された。犬のほおに手術で管を通し、唾液の分泌量を測定した。ベルを鳴らしてからエサを与えることを繰り返した結果、ベルを鳴らしただけで唾液を出すようになった。

インスタグラムにも欠かせない、ドイツ名物のカレーソーセージ

し、ホッチキスで止めたダックフェイスの「お面」ばかりを見せるのではなく。お面は何も語らない。

でも、ひょっとしたら、こういう写真に人気が集まることには何かそれなりの論理的な理由があるのかもしれない。ソーシャルネットワークは、結局のところ、僕たちのナルシズムを培養しているのだから。ソーシャルネットワークは、かつて雑誌〈シュピーゲル〉(4)〈Spiegel〉が見事に形容したように、「自己ブースター」(5)なのだ。僕たちは「自己演出家世代」なのだ。

ソーシャルネットワークで見せているのは、ありのままの自分ではなく、見てもらいたい自分だ。僕たちは自分を演じている。自己演出をしているのだ。

そんなふうに見てみると、僕たちはソーシャルネットワークのなかで幻影に取り囲まれているようでもある。それは誇張された現実であり、本当の現実では、フォトショップで顔を加工できるわけでも、クライマックスばかりが永遠に続く生活を送れるわけでもない。だから、誇張された現実の要求にいつまでもこたえることは到底できない。いつかきっと、「幻影」と「現実」が衝突するときがやって来る。そのときは、とても幻滅するはずだ。

たとえば、デートのときなど。

知り合いのある男性は、ある女性と何週間もチャットをしたあとに初めて会った。これは、僕がどうしても理解できないことの一つである。実際に会う前の、あの永遠に続くチャット。時間がかかるだけで、電話で話すより伝えられることはかなり少ない。写真とメッセージを組み合わせてイメージをつくり上げてしまうと、あっという間に幻影が培養されてしまう。そこに、自分の理想像を投影してしまうのだ。女性の声や振る舞い方は、全体像を知るために欠かせない大切な一面なのに。

でも、知人から初対面のときの話を聞くまで、完璧とは言えはないカメラアングルで見た一面もその一つであることに、はっきりいって、僕も気がついていなかった。

初デートの翌日に僕と会った知人は、当惑したように「ちくしょう！」とぼやいた。「インスタグラムのフィルターをかけてない彼女を、昨日、初めて見たんだよ」

（おお！）と、僕は思った。

「最初は、全然、彼女だって分からなかった」と、絶望したように言った。「で、その後、彼女が話しはじめたんだけどさ……」

（４）　唇をとがらせ、アヒルのようにした女性の顔。ＳＮＳのプロフィールによく使われている。

（５）　ブースターとは、テレビ受信時に使用する電波の増幅器。

だんだんとあちこちがつなぎ合わされて、全体像ができ上がっていったようだ。ここで、ひと言伝えておかなければならないことがある。彼女はとてもおしゃべりだった。そして、知人は、彼女の雄弁術に容赦なくさらされてしまった。

「勘定しようとしたときも、彼女は僕が二〇分前にした質問の答えをしゃべってたんだぜ。ずっとそんな調子だったよ、二時間の間」

過去の数週間は、一時間ですでにガラガラと崩れ落ちていった。そして、彼女に対する彼の関心も。

「会う前に電話で話しておけばよかったね」と、僕は言った。

「スマートフォンのディスプレイを囲むぼんやりとした縁を生活と呼ぶ」という、素晴らしいフレーズをご存じだろうか。でも、このフレーズに気づく人がどんどん減っているような気がする。

多くの人の重心がバーチャル世界に傾いている。そして、その傾きがますます大きくなりつつある。スマートフォンを通じて、僕たちは一日の大部分をコンピュータの前で過ごすようになった。潜行性のプロセスのなかで、僕たちは気がつかないうちにオタクになってしまった。自分が変わっているとき、そのことには気がつかない。気がつくのは、変わってしまったあとだ。

バーチャルの世界は、僕たちの生活にどんどん食い込み続けている。僕たちには、すでに時間がなくなった。ティンダーで、インスタグラムで、フェイスブックで、あるいはメールで、メッセージを書かなければならないからだ。

常に何かをやっている。**落ち着く暇がない。問題は、そのためにスマートフォンを囲むぼんやりとした縁を見逃がしてしまうことだ。実際の生活を。**

数か月前、僕の知人であるマヨにもそんな出来事があった。ただ、彼の場合は現実の世界でそれが起こった。悲劇的なことに。

それは、ソフィアと初めてデートしたときだった。初デート。それは二人にとって唯一のデートとなった。そして、それにはそれなりの立派な理由があった。

僕は二人が夜の八時にフリードリヒスハインにあるカフェ「フンデルトヴァッサー(Hundertwasser)」で会うと知っていたので、マヨが八時一七分に電話をかけてきたときには驚いた。

「で、どうだった?」

「まったく最低だったよ。五分で出てきた」

「じゃあ、古典的な五分デートだったわけか」と言って、僕は笑った。

「いわばな」と言ったあと、彼は「最初の挨拶のときはまだ普通だったのに……」と話し出した。でもそれは、彼女が席に座り、スマートフォンをテーブルに置いた瞬間に変わった。その電話がひっきりなしに震えていたのだ。

「ちょっと待ってね」と言いながら、短いメッセージを打ち終わるなり、彼女の電話はまた震え出す。

「キミの電話、いったい何で鳴りっぱなしなんだい？」と、マヨはイライラしながら尋ねた。

「ああ、ただのフェイスブックよ」と、彼女はメッセージを打ち続けながら答える。「それと、ティンダーね」

（何だって）とマヨは思い、ゆっくりと立ち上がった。

フリードリヒスハインにある「フンデルトヴァッサー」

そして、言った。

「じゃあ俺、そろそろ行かないと」

「えっ！　どういうこと？」とソフィアは声を荒げた。「私を一人にして行くの？」

「だって」と、彼は笑いながら返した。「キミ、本当に一人ってわけじゃないだろ」

呆然とする彼女に見送られながら、彼はレストランを後にした。道路に立ち、最後に振り返って彼女を見た。ソフィアは、またスマートフォンをいじくっていた。

この女性は、ソーシャルネットワークが僕たちを社会生活から隔離していることを示す皮肉な好例である。**マヨはたぶん、飲み物をオーダーしたあとに彼女と同じ次元に入って、彼女にメッセージを書くべきだったのだろう。**そうしていたら、もしかしたら、とてもいい会話になっていたかもしれない。リアルな風刺レベルとでも言えそうな。

しかし、ソフィアは、この旅の行く末を示す好例でもある。ある調査によると、コミュニケーション方法として個人的な会話を一番に挙げるティーンエイジャーは、もはや全体の三分の一でしかない。彼らのコミュニケーション行動は変化しており、直接話をするより、メッセージを書いたり、ボイスメールに録音したりするほうが好まれているのだ。

一か月ほど前、ある友人の一六歳になる娘がスマートフォンを床に落とし、ディプレイが粉々に割れて使えなくなってしまった。そのときの彼女のリアクションは、まるで命にかかわる臓器を切り取られてしまったかのようだった。しかも、麻酔なしで。

それは、ほとんど臨死体験だった。スマートフォンがない生活など、彼女には想像できないようだった。生活に欠かせない大切な部分がポキッと折れてしまった感じである。何かを逃してしまうのではないか、友だちの生活ともかかわれなくなるのではないか、という気がしたのだ。

現代の大きな誤解。

フェイスブックで「友だち」となっている人のフィードをざっと眺めているときに受ける印象はただ一つ、彼らの生活とかかわっているということだ。僕たちは、距離を置いてそれを眺め、新しい写真の下に「いいね」やコメントを加えることで、自分を彼らの生活のなかにはめ込んでいると感じている。

でも、その時間は自分一人で過ごしているのであって、ほかの誰かと一緒にいるわけではない、ということは考えない。そして、最終的に、本当に大切な瞬間を逃してしまうのだ。あとから思い出す尊い瞬間を。

大切なときというのは、人間同士が出会ったときに生まれるものだ。これは確固たる事実である。

こんなふうに言われているではないか。人生最大の愛とは偶然の出会いだと思え、と。でも、出会っても気がつかない。みんなが一生懸命見ているのはスマートフォンだから。この構図ほど、僕たちが逃しているチャンスをよく表しているものはない。

ここで問題になるのは、もちろん、ここで話されていることが大恋愛かどうかということだ。たぶん、そうではない。でも、少なくともそのことには気づいている。そして、そこには、インスタグラムというフィルターがかかっていない。

そして、これはまあ、一つのはじまりである。

14 セラピストなしではやっていけない

三年の付き合いを清算してシングルに戻った友人のマルクスは、それ以来デートを重ねているが、先日、「どの女性もセラピーを受けている」と言って、ひどく絶望しながら嘆いた。

「もしかしたら、これってベルリンのせいでもあるんじゃないかと思うんだ。本当に、俺が会った三〇歳前後の女性って、みんながみんな、少なくとも二回はセラピー経験があるんだぜ」

「三〇を過ぎたら、きっと、みんな一度はセラピーに行くもんなんだよ。それまでの人生で滓《かす》が溜まりすぎちゃったんだよ。だから、客観的な、そして何よりもプロフェッショナルな目で、自分の人生を見てもらわないといけないいんじゃないか」

「いや、それはそうだけど、俺が言っているのはそういうことじゃないんだ。みんな本当に、精神的にかなりやられてるんだ」と、マルクスは強く訴えた。「重症の精神病なんだよ！まるで俺、マティアス・シュヴァイクヘーファー(1)のコメディーに出てくるホラーデートのシーンを真似ているみたいだっていつも思う。ただ、俺の場合は、コメディーじゃなくて本当にホラーなんだ」

その二日前、彼はレベッカに会っている。レベッカは、今年で一〇年目を迎えると言う。

「一〇年目？」

「一〇年間、セラピーを受けてるの」

「なんか記念すべき年みたいじゃん」

冗談だと思った彼は、笑って「じゃあ、お祝いをしなくちゃね」と言った。

ところが、彼女は「一〇年のセラピーに一〇人のセラピストよ」と、口の端を悲しげに引きつらせた。マルクスは所在なく頷いた。どうやら、冗談ではなかったようだ。

視線を上げて真っ直ぐに彼を見つめると、口調を強めて彼女が言った。

「でも、今ようやく自分自身を愛することを学んだの」

（おお、神様！）と彼は思い、無意識に数センチ引いた。

「最初のデートでは話さない事柄ってあるだろ」と、マルクスは話し終えたあとに言った。

（1）（Matthias Schweighoefer）ドイツの俳優、声優、歌手、映画監督・プロデューサー。

「これが、最初のデートでどうしても話したいテーマなんだったら、その子と付き合ったらどうなるか、すぐに想像がつくってもんだ。それは恋愛じゃなくて、セラピーだよ。そんなの、俺はごめんだね」

彼はドリンクをひと口飲むと、続けて言った。

「ほんと、正直な話、三〇を超えたシングルの女なんて、みんなトラウマもちなんだよ」

「う～ん」と、僕は言葉を詰まらせてしまった。

彼は「そうなんだって」と言いながら、拳《こぶし》でテーブルを軽く叩いた。

「みんな、頭がおかしくなってんだよ」

僕は、すぐに否定のジェスチャーをした。

精神的な苦悩について、こんなにもオープンに話をしたことはない。これは本当だ。二一歳の女性たちから、すでにいくつもセラピーを受けてきたと聞いて困惑したのは、つい六年前のことだ。今ではもう驚かない。そんなものだと思っている。この週末にも、ある女友だちが、周りの女性はみんなセラピーを受けていると話していたばかりだ。

「で、男性陣は?」と僕が尋ねると、「全員ってわけじゃない」と言う。「思うに、男性のほうが拒みたがるんじゃないかな。でも、どっちにしても増えるでしょうね」

今では、これに関する調査も無数にあり、そんな統計を見ていると、僕たちはまさに精神障がいの時代に生きているのだという気がしてくる。ロベルト・コッホ研究所の調査によると、二〇一一年にはドイツ人の三人に一人が最低一つの精神疾患を患っていた(2)。これは、今から四年も前の話だ。雑誌〈シュピーゲル（Spiegel）〉が次のように書いている。

「あれから国民の障がいはさらに悪化しているはずだ。ドイツでは現在、精神病の診断数がすべての記録を更新しているところだ」

鬱と不安障がいと中毒は、今では国民病と見なされている。もっとも多く見られるのが一八歳から三五歳までで、マルクスの過去数か月間のデート経験ともマッチする。

気になるのは、どうしてこんなことになったのかということだ。

人々を精神分析家に駆り立てる理由はいろいろあるが、そのほとんどが社会的な理由ではないだろうか。生まれ落ちたがために組み込まれ、順応してきたこの社会で生きていくということの結末だ。

（2）七一ページの注を参照。

こんなふうに認めようじゃないか。

一般的に、感じ方は何においても人それぞれだと思われているので認める人はほとんどいないが、僕たちはほかの人と同じでありたい、みんなの仲間に入りたい、と思っている。何でも、一緒にやりたいと思っているのだ。

僕たちはあるシステムのなかで生きている。そして、好むと好まざるとにかかわらず、僕たちはその産物だ。そこから逃れることができない。それは消費者を必要とするシステムであり、幸せの理解の仕方もまたそれに基づいている。

メディアはまるで、幸せがメディア製品についてくるおまけでもあるかのように、僕たちの生活や幸せのあり方を事あるごとに紹介する。僕たちがつかむべき幸せの姿を手取り足取り示している。それは、

システムから少し離れてのんびりと自分の夢を追う石畳の若い露天商

あらかじめ定められた幸せであって、僕たちとは何の関係もないものだ。僕たちが追い求めているのは異質の幸せだ。いつしか、肩を落としながら、そういう期待が高すぎたのだと気づく。それを過大評価しすぎていたことに。

その原因は、誰も認めたがらないが、虚しさを感じている人が増えていることにある。静寂に耐えられず、どうなってしまうのかと考えると恐ろしくなるからなのか、自分自身と向き合おうとしないのだ。そんな虚しさを何とか埋めようと、常に何かを体験しようとする。ベルリンがそのいい例である。ここでは、毎日、遊び歩くことができる。この町はパーティ・メトロポリスなのだ。パーティーのシーンでは常に何かが起こり、何かを体験することができる。

お祭り騒ぎに出掛け、大酒をあおり、あるいはドラッグに浸って、脱出気分を味わう。生きていると感じる。でも、これは大きな勘違いだ。なぜなら、それは人工的な、異質な気持ちでしかないのだから。そんなことでは虚しさを埋めることはできない。単に、避けて通っているだけだ。幻影のなかに逃れているのだ。

まるで、自分自身を感じる感覚を失ってしまっている。

何年も前に気づいたことがある。奇妙なことに女性に多いのだが、自然でなくなってしまった人がたくさんいる。若い人ほど気取った振る舞いをする。本人がそれと気づかないままに、自分で自分を演じているような感じだ。自分自身をうまく演じられない役者のように。ファサードをきれいに繕って、自分の役割を洗練させる。ソーシャルネットワークのなかで、職場で、社会生活のなかで。悲劇的なのは、僕たちが評価されるのは自分の役割のなかにおいてであり、それはつまり、本当の自分自身とは何の関係もないファサードを通じて評価されているということだ。

そう考えてみると、僕たちは自己から遠ざかっていくプロセスをずっと続けていることになる。いつか、自分の役割と本来の自分との見分けがつかなくなるまで。

この二つは、識別不可能になるまで互いに編み込まれて融合し、もはや区別がつかなくなってしまう。役割と自分自身を切り離すことができなくなる。このような状態が続けば、いずれ自分の感情を押し殺すことになる。感情が本当の感覚を失ってしまうから。そして、親愛なる読者のみなさん、これは心理分析的な観点から見ると、鬱が発生するメカニズムである。

僕たちは、いずれ精神障がいのある人間になってしまうのではない。すでにそうなっているのだ。

「病んだ社会に適応していても、それは精神の健康状態を表すことにはならない」（インドの思想家ジッドゥ・クリシュナムルティ（Jiddu Krishnamurti, 1895～1986）の言葉）

これは、とても核心をついた言葉だ。自覚のあるなしにかかわらず、僕たちにもだんだん分かってきた言葉。なぜなら、その影響がはっきりと感じられるようになってきたからだ。

でも、どうすればここから脱却することができるのか。これはとても大切な問題だ。

「私たちって、恵まれすぎているのよ」と、決然と言ったのはアンナだ。先週、このコラムを書いていると話したときだった。

「本当に大変な問題なんて何もないでしょ。問題が現れるときって、ある程度の生活水準に慣れきったときよ。つまり、贅沢な問題をたまに抱えるってわけ。もしかしたら、私たちにはまた戦争が必要なのかもね」

「戦争？　おいおい、そんなこと簡単に言うなよ！」と、僕は口早に言った。「それって、すごく過激だよ。とくに今の時代では」

「分かってるわよ。でも、私たち、もうそろそろ目を覚まさなくちゃいけないのよ。こんな構造の深みにはまり込んで、堕落しきって、価値観が歪みきっているじゃない。そこから解き放たれるためには、ひと騒動が必要なのよ」

（神さま）と僕は思った。腕力でいくか。でも、基本的にアンナは正しい。

鬱は、なりそうだと思われる状況ではほとんど発生しないことが分かっている。たとえば、戦時中や本当の貧困のなかでは。たぶん、このような問題はより具体的なものであるからだろう。解決策は、全体を見れば予測可能だ。ということは、制御も可能ということだ。

戦争を実際に体験したり、重篤な病気を克服するといった、人生に深く切り込むような転機と闘わなければならなかった人は、その後の人生をもっと意識しながら過ごすようになるという。その転機を二つ目のチャンスとしてとらえ、おそらく自分が有する可能性をほかの人よりも継続的に活用していくのだろう。

もちろん、できればそんな経験は誰にもして欲しくないが、経験者と話をしていると、もっと深く意識して人生を生きなければならないと、よく思う。でも、その欲求を自分の人生において実行に移すことが、たいていの場合は難しい。すでに人間は堕落しきっているからだ。

みんなが、こんな経験者のように自分の人生を意識し、大切にしたら、人間同士の付き合い方はどのように変わるのだろうか、社会はどのように変化するのだろうかと、ときどき僕は考える。視点を変えることができたら、そして、偏見にとらわれないで自分の人生を眺めることができたらどうなるのだろうか、と。

でも、現実はそうではない。僕たちはできる範囲で行動し、「今日をうまく活用しよう！」とか「自分を幸せにすることをたまにはすべきだ」などといった箴言《しんげん》のもと、「いいね」をクリックしていくのだ。それだけ。

持続的なものは何もない。そんな生活を続けていく。結局、僕たちはそれなりに満足しているのだから。それなりに満たされているのだから。少なくとも、満たされていると言える程度には。

このような状況は、車が木に向かって暴走していく様子をスローモーションで見ている感じに似ている。衝突は避けられないのだが、それが思っている以上に早く訪れることを僕たちはフェードアウトしている。

もっともっと早く訪れることを。

15 診断「関係構築不能症」

数週間前、仲のいい友人とベルリン・シェーネベルク（Schöneberg）にあるレストランで落ち合った。そのとき、彼が僕を不安にさせるようなことを言った。

「女性と付き合うことになったときは、その人と一生涯分かり合っていけるだろうかなんて考えちゃいけない。そうじゃなくて、子どもができたあとに別れることになっても、その人と分かり合えるかどうかを考えるべきなんだ」

（ひえ～！）と僕は思い、ふと、初めてのデートのときに、この台詞を女性に投げかけたらどうなるだろうかと想像してみた。次のデートの望みを木っ端みじんに打ち砕く、巨大ハンマーのような台詞である。具体的には、こんなふうにも言えるだろう。

「もしものときのために念を入れてはっきり言っておくと、僕は関係構築不能症なんだ。何しろ、僕には関係を築く能力がないから」

今やこれは、目の前に座っている女性と何の展望も見いだせないときによく現れる男性の自己診断となっている。でもこれは、もちろん単なる言いわけにすぎない。

相手を傷つけたくないから、自分のせいにする。

「君は悪くない。僕のせいだ。だから、友だちのままでいよう」という決まり文句だ。

女性のほうは、もちろん台詞どおりには受け取らない。それが、この台詞の裏側に潜む思いだ。だから、この決まり文句の広がり方は留まるところを知らず、今や現代の西洋男のイメージをつくり上げるまでになっている。

ここではっきり言っておいたほうがいいと思うのだが、もちろん、僕たちのほとんどは関係構築不能症ではない。関係構築不能は、何といっても深刻な精神病の症状であって、きちんとした深層心理学的セラピーにおいて治療しなくてはならない。ボーダーライン（境界性パーソナリティ障がい）やうつ病と同じく、軽く考えてはいけない病気なのだ。

愛着障がいや関係構築不能は、恋愛関係にかぎらず、人間の関係全般に言えることである。そして、重度の精神障がいの場合と同様、関係構築不能者も、多くの場合まったくそのことに気づいていない。

というわけで、この降って湧いたような自己診断をどのように取るかはもう明らかだろう。

それはさておき、恋愛関係が失敗に終わった理由を、ただ単に自分にその能力がないからと考えるのは、自分自身をちょっと偏狭すぎる目で見ているようにも思える。**そうするのは簡単だ。深く考えなくてもすむ。**これが僕たちの機能の仕方で、ごく普通にやっていることだ。ラベルを貼ってこの世界を分類すれば人生を乗り切りやすいし、そのままやり過ごすことができるのだから。

僕は、自分を関係構築不能者だと思ったことはない。どちらかというと、「はじまるときが好き。なぜなら、終わりは堪え難いだろうから」という公式のほうが僕にはしっくりくる。それでも、先の友人と話したあと、どのような行動が愛着障がいの特徴とされているのかについて調べてみることにした。

それでまあ、有益な結果にたどり着くことができた、と言っておこう。とくに、その判断基準を自分の人生のなかに当てはめてみたときに。というのも、不幸なことに、すべての症状が僕に当てはまってしまったのだ。

（なんてこった！）と僕は思った。どうやら僕は、明らかに愛着障がいの典型のようだ。僕の自己像は、修正の必要があると見える。それも今すぐに。

でも、健康に関する問題に関しては、みなさんが承知のとおり、ほとんどの場合インターネットで調べてはならない。症状を調べはじめると、一時間もしたら余命はもはや数日、いや数時間しか残されていないと確信させられることがあるからだ。唯一、心気《しんき》症患者には極楽かもしれないが。

それでも、結局は医者のひと言であっという間に解消されるのだが、この夜、僕のソファには医者がいなかった。膝の上にノートパソコンが載っているだけで、ほかには赤ワインのボトルが一本。調べ物の進む方向を悟ったときにその口を開けた。グラスに半分ほど残っていたワインをぐっと飲み干し、さっと注いでから先を読み出した。

恋愛関係で苦い経験をしたことのある人は、たいていが関係構築不能だと書いてある。（あーあ）と僕は思った。というのも、すでに一年も一人でいながら、先月、また彼女をつくろうかと考えただけで抵抗感を感じる自分に驚いたばかりだし、さらに、ある友人に言われたその理由を思い出したからだ。

「そんなの当たり前じゃないか。最後の彼女との関係を見てみろよ。彼女ができても、それを負担にしか思っていなかっただろ。今だってそうだよ」

「だってさ、俺たちにはがっかり感がいつまでも残っちゃってるだろ」

友人は同意するように頷いた。これが最初の症状だった。だが、すでに述べたように、これはまだほんの序章でしかなかった。

僕は先を読み続け、関係構築不能者は自分の周囲で良好な、しかし表面的でしかない関係を完璧につくっていることを知った。

彼らは感じのよい社交的な人だと思われているが、これは単に一つの役回りであって、彼らはそれを抜群にうまく演じているにすぎない。映画『羊たちの沈黙』(1)のハンニバル・レクターのように。知性にあふれ、好感のもてる教養人だが、かぎりなく暗い一面をもち合わせているのだ。

確かに、そのとおりだ。僕の人脈はかなり広いし、社交的だと見られている。「いい相談相手だ」ともよく言われる。考え方の違う友だちに話せないことでも、僕になら話せるという。でも一方で、もう何年も前になるけれど、仲良くしていた元同僚の女性からいきなり「何を考えているのか分からない」と言われたことがある。「誰もそばに寄せつけない」とか「実はどんな人間なのか、本当のところが全然分からない」とも。

事実、あまりにも自分に近づきすぎる質問をされると、僕はそれを冗談でかわして、話題をそらせて避けてしまう。

ドイツのエンターテイナーであるハラルト・シュミット（Harald Schmidt）は、「友人はいるか？」と聞かれたとき、「自分の友人関係は、いつも今現在走っているプロジェクトとかかわっている」と答えた。つまり、自分が一緒に仕事をしている人々が友人であるということだ。プロジェクトが終われば、もう会うこともない。

白状すると、僕の人生における友人関係のほとんども似たようなものだ。

（あ～あ）と僕は思った。症状一覧の次の項目にも「レ」の印を付けることになりそうだ。そして、このあとも「レ点」がまだまだ増えていく。

次には、関係構築不能者は物事を理想化しすぎるので一人の人物をなかなか選べない、とある。パートナーに対する、理想となる条件が具体的すぎるのだ。その理想は幻想にすぎないから、条件をクリアする人など一人もいない。現実の生活に、そんな人はいないのだ。

恋人のいないシングル男としては、当然、次の恋人はこうあって欲しいと考える。そうすると、自分の理想像をつくり上げてしまう危険があり、そこからなかなか抜け出すことができない。完璧な女性のイメージをつくり上げてしまうと、この理想像をちょっとでも乱すささいな事柄が決定的な要素にもなりかねない。

またワインを注ぎ足す時間が来たようだ。これで四杯目。でも、どうしても必要だった。

（１）　監督：ジョナサン・デミ、一九九一年、アメリカ。原作はトマス・ハリスの同名小説。

というのも、関係構築不能者は、恋人がいても自分のやりたいと思うことは諦められない、と書いてあったからだ。彼らには、妥協ということがまったくできない。自らの楽しみや、自己実現の場を与えてくれる自由を必要としている。

ここでも僕は、自分との類似性を見いだして不安を覚えた。僕はこれまで、どんな仕事でも自己実現してきた。だから仕事は密接に僕の生活に織り込まれてきたし、それが占める割合がとても大きい。プロとして書きはじめたときが、六年間にわたるシングル生活のはじまりだった。

そのときは全然こんなふうには考えなかったが、今思うと、執筆がある意味、恋人代わりだったような気がする。普通だったら恋人と過ごしていた時間を、仕事をして過ごしてきたのだ。この二つを同時に行うには、時間的にどうしても無理があったように思う。恋人がいたら、僕は集中することができなかっただろう。

何と言おうか、僕はグラスを空けるたびに、ますます関係構築不能症が重くなっていくような気がした。でも、幸いなことに、まだ最後の項目が残っていた。

「関係構築不能者は、常に他人のなかに元凶を探す」

僕はほっと息を吐いた。自分に当てはまらない初めての症状だ。これが最後の望みだった。

ところがすぐに、ケンカをするとよくこう言って、僕に詰め寄ってきたかつての恋人のことを思い出した。

「あなたと言い合っていると、いつの間にか、何もかも私のせいだっていう気がしてくるのよね。悪いのはいつも私だって」

　これをもって僕は、すべての症状を満たしすぎるほど満たしてしまったようだ。ワインボトルを一本空け、まずはひと晩寝ることにした。これは、多くの場合において効果のある戦略である。そして翌朝、ちょっと距離を置いて見てみると、ありがたいことに様子が変わっていた。

　この夜を要約すると、僕はある意味、頭がおかしい、いろいろと面倒な人間だということが分かった。

イーストサイドギャラリー。有名な絵の前はいつも人だかり。「兄弟のキス」のように共産国家の連携を祝した日は遠く過ぎ去り、現在のベルリンは資本主義一色

結局のところ、誰もがそうだろう。でも、前述したとおり、関係構築不能は精神病の症状である。調べてみると、愛着障がいの症状は誰にでも少しある。また、社会病質といった症状も同じだ。それらの症状は緩和されてはいるものの、病状を考えればやはり普通ではない。僕の場合は、まだそこまでは行っていない。そう思うと、ちょっとだけ安心した。

しかし、そこでまた思い出したことがあった。そして、そのことは、僕を本当に不安にさせた。

このことが本当に興味深くなるのは、関係構築不能症を表す症状を、僕たちが暮らし、生み落とされた今のシステムに応用したときだ。このシステムが「価値あり」としているのは、エゴイズム、妥協をしない自己実現、理想的な状況における思考、つまり完璧さの追求、そして自由な友人関係や恋愛関係である。どれも、このシステムが僕たちに最高の働きをさせるために要求してきそうな注文である。つまり、愛着障がいの判断基準は、人をこのシステムにおいて完璧な歯車の一つにする特徴と同じなのだ。

僕たちは破損品だ。生まれ育ってきた社会が、僕たちをそういうふうに形づくってきたからだ。僕たちは、自分が何を求めているのかさえ分からない。

僕たちが自分の欲求として知覚しているのは、あらかじめ設定されている欲求だ。木工職人よりもマスコミ業界のほうが幸せになれる、と言ったのは、いったいどこの誰なのだろうか。この望みはあらかじめ設定されていたもので、それが僕たちの上にバラバラと降り注いでくるのだ。型にはまったイメージだ。ここで問いたいことはただ一つ。

型にはまった生き方で、果たして人は幸せになれるのだろうか。

人生の目標は継続的な成長であり、それに伴う消費の拡大という経営学的な原則のうえに築かれているのが今の社会である。そうでなければ、現在の経済は機能しなくなる。問題はここにある。経済、このために僕たちは生きている。現代社会において核になるのは経済であり、人間ではない。これは、エーリヒ・フロム（Erich Seligmann Fromm, 1900～1980）もすでに言っていたことだ。

僕たちは、経済学の原則を個人生活にも応用している。それは、今の文化のひな型だ。それを見ると、このシステムがどれほど人と疎遠なものになってしまっているのかがよく分かる。僕たちは理想的な状況のなかでものを考え、どちらにしても到達不可能な完璧さを追い求めている。

でも、肝心なことは、これとはまた異なっていることだ。目標となるのは成長することであり、常に向上し続けなければならないという思いが、今や自己目的化してしまっている。

このシステムは、僕たちを満足させないように仕向けている。システムが必要としているのは、満足している人ではないし、幸せな人でもない。そうではなく、何かが足りない、自分の生活をもっとよくできる何かが常に存在すると思っている人なのだ。

自分のなかに空しさを感じ、それをどうにかして埋めたいと思っている人。そして、僕たちは消費社会に住む消費者なので、この空しさを少しでもいいから埋めようとしてモノを買う。何かを買えば、一時だけでも満足感を得ることができるからだ。この幸せなわずかな時間は、何度も繰り返されなければならない。こうやって、不幸だという思いを相殺しようとする。

僕たちの不満足観が土台になっていて、その上に、永遠の成長を目的とする今の経済システムが乗っかっている。

僕たちは経済のツールであり、今や、何もかもがもつれあう傾向が強まるばかりだ。それは、たくさんの女の子が、毎日ポップスター気取りのエモーショナルなセルフィーを一〇枚もインスタグラムにアップする様子を見てもよく分かる。彼女たちは、自尊心の大部分を引き出してくれるインスタグラム・プロフィールで自らを演出することができそうな服を買う。言い換えれば、彼女たちは商品の宣伝をしているのだ。これに勝る方法を考えるマーケティングのエキスパートはいないだろう。これほど普遍的な経済ツールはほかに存在しない。くだらないビューティブログやファッションブログをやっている数知れないユーチューバーの動画を見ると、あの不自然で、わざとらしい気取った様子にイライラしてしまう。みんな「お面」をかぶっているのだ。上っ面ばかりの。それらを見ていると、その背後に空虚を感じるばかりか、その虚しさがこちらに向かって声を張り上げてくる。

これらの動画に出ているのは、本来大切とされている能力を失ってしまったような人間ばかりだ。つまり、愛する能力、自分や他人のために何かをする能力、あるいはいろいろな方向から考えるという能力を。

ここにあるのは、自己演出とお金だけ。不安なことは、彼らがそのことに気づいてさえおらず、お面とアイデンティティが一つに融け合い、しっかりと結びついているということだ。何か、不自然なものがうかがえる。

こういう人間が手本となって、次の世代に受け継がれる。その手本は、今の時代の関係構築不能症、つまり自分自身に対する関係の消失と、本来自分を形成しているものの消失を確実なものにしている。

子どものころ、自分の一番近くにいたのは自分自身だった。その後、しつけを通じて社会への適応がはじまり、それと同時に自分自身から遠ざかるプロセスがはじまる。社会に適応すればするほど、自分自身から遠ざかっていく。そして、今ほど人が社会に適応している時代はない。全体的には、今の時代があまりにもよすぎるからだ。逆うべき具体的な動きは何もない。そして、このまま生きていく。システムが僕たちに求めているとおりに。

詰まるところ、僕たちの考えには誤りがある。そう、症状に注意が向いているという誤りが。多くの人は、どの鎮痛剤が一番いいかということばかり考えていて、治癒のことを考えていない。本来なら、病気を治療するときと同じく、症状ではなく原因に対処するべきなのだ。それが「初めの一歩」だろう。

そして、最終的に問題なのは、この「はじまり」である。それは僕たちにかかっている。そして、それに着手すれば変化がはじまる。

謝辞

株式会社新評論の武市一幸氏に感謝を申し上げます。前作同様、私の原稿を辛抱強く待っていてくださり、また数々の助言をいただき、とてもありがたく思っています。そして、前作である『大事なことがはっきりするささやかな瞬間――関係づくりが苦手な世代』をお読みいただいたみなさま、そして本書を読んでみようと手にしてくださったみなさまにも、心から感謝を申し上げます。

本書の読了後、少しでも何か感じるところがあればとても嬉しく思います。できれば、感じたことを周りにいるお友達などに話してみてください。ひょっとしたら、そんな行為から新たな「和」が生まれるかもしれません。

小山千早

訳者紹介

小山　千早（こやま・ちはや）

1963年、三重県志摩市生まれ。

日本大学短期大学部国文科卒業。1989年、結婚を機に渡瑞。

1994年にゲーテ・インスティトゥートの小ディプロム（Kleines Sprachdiplom）を取得し、翻訳活動を始める。

訳書として、ベルンハルト・ケーゲル『放浪するアリ』（新評論、2001年）H. M. エンツェンスベルガー編『武器を持たない戦士たち』（新評論、2003年）、クリスチャン・ラルセン『美しい足をつくる』（保健同人社、2006年）、『スイスの使用説明書』（新評論、2007年）、『お金と幸福のおかしな関係』（新評論、2009年）、『大事なことがはっきりするささやかな瞬間』（新評論、2019年）がある。

HP：www.koyama-luethi.ch

あなたもインフルエンサー？

――それでは稼げないよ――　（検印廃止）

2020年7月10日　初版第1刷発行

訳者　小山千早
発行者　武市一幸

発行所　株式会社　新評論

〒169-0051
東京都新宿区西早稲田3-16-28
http://www.shinhyoron.co.jp
電話　03(3202)7391
FAX　03(3202)5832
振替・00160-1-113487

落丁・乱丁はお取り替えします
定価はカバーに表示してあります

印刷　フォレスト
製本　中永製本所
装丁　山田英春
写真　小山千早
（但し書きのあるものは除く）

Printed in Japan
ISBN978-4-7948-1155-4